ラブ・ミー・テンダー Ⅰ

ひちわゆか

幻冬舎ルチル文庫

CONTENTS ✦目次✦

ラブ・ミー・テンダー I

✦カバーデザイン＝吉野知栄（CoCo.Design）
✦ブックデザイン＝まるか工房

イラスト・如月弘鷹✦

昼下がりの情事

「お風呂は入ってもいいけど、傷口は濡《ぬ》らさないように注意して。過激な運動は当分控えること。いくら若くて治りが早いっていっても、かなりの重傷だったんだから。週に一度の定期検診も忘れないで……ちょっと恭介《きょうすけ》？　聞いてるの？」

総合病院で乗せた乗客の女性は、夜勤明けの看護師だったようだ。年の頃は二十七、八。口もとのホクロがなんとも色っぽい。

連れのほうは退院したばかりらしく、薔薇《ばら》だのフリージアだの、たくさんの花束の瑞々《みずみず》しい香りがタクシーの中に充満している。これまでずいぶんあの病院から退院した患者を乗せてきたが、これほどたくさんの花束を貰《もら》った男は初めてだ。

「あー……聞いてる聞いてる」

諄々《じゅんじゅん》と諭す看護師の彼女に、花束に埋もれていた若い男が、あくびを嚙《か》み殺しながら、どうでもよさそうに相槌《あいづち》を打った。

日本人離れしたくっきりとした顔立ち。高い鼻に、いささか古いデザインの丸いサングラスをのせ、やや癖のある毛先は金茶色に染めている。セピア色のプリントシャツとジーンズ。よくよく見れば、左耳に四つもピアスの穴が開いている。

まだ若い男だ。堅気の勤め人には見えないから、臑齧《すねかじ》りの大学生かフリーターか、どうせそんなところだろう。自分の息子なら頭をひっぱたいてやりたいようなチャラチャラした男だ。

「腹を濡らさずに風呂に入るのって難しそうだな。ケーコさん、手伝いに来てくれる？」

まったくふざけたガキだ。運転手は苦々しくルームミラーを一瞥《いちべつ》した。

「そんなことばっかり云《い》ってるなら、もう少し入院する？　だいたい恭介はふざけすぎよ。病室でお酒は飲むし、脱走はする宴会はする、女の子まで連れ込んで」

「イテテ。つねるなって」

「何回、師長から庇《かば》ってあげたと思ってるの？　担当のあたしまで毎日お小言云われて大変だったんだから」

「ごめん。ケーコさんには感謝してるよ、サンキュ」

指に髪の先を絡め、チュッとキスする。

「ほんと？　ね、だったら、今度……」

運転手はいつもより少し乱暴にブレーキを踏み、ルームミラーに映る二人を見遣《みや》った。

「お客さん、こちらでよろしいですかね」

すると女は、しなだれかかっていた若い男の腕から渋々と顔を離したものの、一人先に車を降りてからも「検診忘れちゃだめよ」だの、「電話してね」だのとぐずぐずしている。タクシー代、といって窓から男に一万円札を握らせるのを見て、運転手は内心やれやれとかぶりを振った。この若さで女のヒモとは。まったく世も末だ。

「ケーコさん。もう行かないと。メーター上がっちゃうからさ」

「ん……。ね、ほんとに電話くれる？」

「するする」

「絶対？」

「ああ。――気が向いたらな」

タクシーが動き出すと、若造はとたんに女に興味をなくして、かったるそうに大きなあくびをした。ますますイケすかない野郎だ。

「お客さん、モテますねえ。仕事なにやってんの」

「あー？　おれ？　別にたいしたもんじゃないよ」

マンションの前からいつまでも見送っている色っぽい看護師をバックミラーで眺めつつ、次の目的地、東斗《とうと》学園前へと車を差し向ける。後ろの客は、わさわさと座席を埋めつくしている花束の中から黄色い薔薇を一本抜き出し、匂いをかいだ。

「高校生」

1

「ん――――っ…。やっぱ、娑婆《しゃば》の空気はうまいわ」

東斗学園高等部の校門へと続く並木道の入口でタクシーを降りた恭介は、蒼穹《そうきゅう》に向かって思い切り伸びをした。

梅雨の晴れ間の爽やかな晴天。まさに絶好の退院日和《びより》だ。昨夜のどしゃ降りが嘘のよう。これも日頃の行いってヤツ？

新鮮な朝の空気を胸いっぱい吸い込む恭介を、自転車が次々と追い越していく。銀杏《いちょう》並木にきらめく木漏《こも》れ陽《び》、プリーツスカートをひらひらと翻す眩《まぶ》しい夏服の一群。たなびく長い髪、ピチピチの脚線美。

いーねいーね、いいですねえ。うんざりするほど見馴《みな》れた登校風景も、こうして久々にお目にかかると、なっかなかのもんじゃないですか。

「樋口《ひぐち》！　いつ退院したんだよ」

「腹の傷、もう塞《ふさ》がったのか」

しみじみと感慨に浸る恭介の背中を、級友どもがドンとどついた。

「ってーな。ちっとは労《いたわ》れよ。病み上がりだぜ」

「七股かけて女に刺されたんだろ？」

「輸血に昔の女が百人集まったってマジか？　見舞いにきた女が行列で、看護師さんが整理券配ったんだって？」

「大げさなんだよ。百人も集まるわきゃねーだろ」

せいぜいその半分ってとこだ。

「おはよー、樋口セーンパーイ！」

「退院おめでとうございまーす！」

「おー。サンキュ」

下級生の群れが、恭介に手を振る。顔も知らない少女たちだ。手を振り返すと、あちこちからキャーッと嬌声《きょうせい》が弾《はじ》けた。

「あーあー。そーやってあっちこっちコマして歩いてっから女に刺されんだっつーの」

「いや、ヘルニアだろ？　やりすぎて椎間板《ついかんばん》ヘルニアになって入院してたんだよな？」

「女だって」

「ヘルニアだって！　なっ、樋口。ヘルニアだよなっ？」

「頼む、おれを助けると思って女だって云ってくれえ！」

「おまえらまーた賭《か》けてやがんのか？　人をダシに使うのはよせっつってんだろ。いい加減悟れよ」

懲りないやつらだ。麻疹《はしか》で休めば『女子大生とハワイ』だの『銀座《ぎんざ》のマダムと香港《ホンコン》豪遊』だのと、あることないことデマ立てまくりやがって。

「そりゃー自業自得ってもんだろ。おまえの場合、日頃の行いが行いじゃん」

並んで歩きながら、幼稚舎からの級友の一人が笑う。

「高等部の入学式は銀座のホステスとサイパン旅行で欠席。不倫相手の旦那《だんな》に包丁持って渋《しぶ》谷《や》中追っかけ回されたの、中二んときだっけ？　おまえが停学にも謹慎にもなったことねーってのは、東斗の七不思議だからなー」

「しっかしおまえ、よくその格好で来たな。どうすんだ、あれ」

級友が校門を指さした。ぞろぞろと生徒が飲み込まれていく大きな門扉の両脇に、白い腕章をつけた風紀委員たちが、飲酒運転取り締まりの検問よろしく違反者を待ち構えている。

朝の東斗名物、服装チェックだ。

「ワンペナ校内便所掃除三日間だぜ？　帰って着替えてきたほうがいいんじゃねーの」

「いやいやいや。まだまだ青いねえ、キミたちィ」

恭介は余裕の笑みで、人差し指をチッ、チッと振った。

「〝鬼〟の取り締まりなくして、東斗の朝とはいえんのだよ。あの匂うが如《ごと》き花の微笑《ほほえ》み、眼差《まなざ》しはあくまでクール、そして厳しくも慈愛に満ちたお小言……あれにシビレないやつは男じゃないね。便所掃除がなんだっつうの！　くうぅ～っ、絞られてえっ！」

「ほおお。そうかそうか。そんなにありがたがってもらえちゃあ、おれもいっそう指導に身が入るってなもんだ。なァ、樋口よ」

「あでででっ⁉」

斜め下四十五度から恭介の左耳をキリキリとひっぱったのは、割れ鐘の如き罵声《ばせい》、胡麻塩《ごましお》頭と黒ブチ眼鏡がトレードマーク、鬼の指導部、ミヤッチだ。

「宮田《みやた》先生と呼ばんか、バカモンが！」

「いでてっ。み、宮田センセエ。そんなにひっぱったらお耳がちぎれちゃうぅん」

「気色の悪い声を出すな。まったく、復学早々なんだ、そのふざけたナリは！　制服はどうした制服は。サングラスを取れ！　ピアスは外せと何度云わせるつもりだ、ええ？　おまけに鞄《かばん》も持ってこんで……いったい学校をなんだと心得とるかっ！」

飛び散る唾《つば》を手の平でシャットアウトしつつ、恭介はサングラス越しに飄々《ひょうひょう》と、近ごろめっきり寂しくなった胡麻塩頭のてっぺんを見下ろした。

「勉学に勤《いそ》しむトコロでしょ？　いくらおれでも、それっくらい知ってますって。昼寝場所にしちゃ料金高すぎるもんな」

「バカモン」

パコーン！　おでこに生徒名簿がメガヒット。

「……ってー。やっぱセンセの一発はきくわ。青っちろい医者や看護師じゃこうはいかねーもんな」

「病院でも問題起こしとったらしいな。ちったァ大人しくしとれんのか、おまえは……」

名簿でトントン肩を叩きながら、自分より二十センチ近くも背の高い生徒をジロリと見上げる。口は悪いが、職員会議で恭介が問題になるたびに、なにくれとなく庇ってくれる奇特な一人だ。先生、と冠のつくものについては全般的に信用をおかない恭介が、唯一頭の上がらない相手なのだった。

「で、どうだ、体のほうは」

「おかげさまでバッチシ。またお世話になります」

殊勝にぺこりと頭を下げた恭介に、ふん、とどこか嬉しそうに宮田は鼻を鳴らした。

「とうとう帰ってきおったな、東斗創立以来の問題児め。学園の平穏も束の間だったか」

「まったまたあ。おれの頭どつけなくて寂しかったくせに、素直じゃねんだから。——ところで、なんでセンセが取り締まりやってんスか？」

きょろきょろと見回すが、校門前に整列した風紀委員の中に、目当ての花の面《かんばせ》がない。あの人に限って遅刻は考えられない。まさか風邪で欠席とか？　昨日面会に来てくれたときは元気そうだったが。

「草薙《くさなぎ》なら今朝は出てきとらんぞ。先週、おれの出張と取り締まり強化週間が重なってあいつにずいぶん負担かけちまったんでな。今朝はおれが出張っとるんだ。おまえ、授業に出るつもりなら、せめて誰かにシャツを借りろよ。運動部のヤツなら替えを持っとるだろう。そんなナリで校内ウロつくんじゃねえぞ。ただでさえおまえは目立ちすぎ……おい、樋口はどうした」

恭介に花束を押しつけられた級友が、ぼけっと立っていた。

「樋口ならあっちに走ってっちゃいましたけど……」

「恭介ぇー、退院おめでとーっ」

「これ退院祝いー」

「サーンキュ！」

二階から投げ落とされたチョコレートの箱をキャッチし、校舎の窓という窓から送られる女生徒のラブコールに手を振り返して、悠然と前庭を横切っていく恭介に、宮田は思わず、嗚呼《ああ》……と薄い額を覆った。

「どこかにあいつの頭の中を修理できる病院はないのかっ……」

創立百五十年の伝統を誇る名門私立、東斗学園高等部は、目ん玉が飛び出るほどお高い寄付金をフルに生かした最新設備の施設が自慢のひとつだ。

ロの字型に建つ白亜の校舎。噴水がある中庭は一年中花と緑が絶えることはなく、休み時間のデートスポットになっている。

建て増しされたばかりの特別校舎に大講堂。大小二つの体育館に練武場、ジャグジーを備えた豪華な室内プール、さらに雑木林を隔ててナイター完備のサッカーグランド、野球場、全天候型テニスコート、エトセトラ。もちろん創立当初の建物も健在で、分けても、大正デカダンの趣を残す赤煉瓦《あかれんが》のクラシカルな図書館は、テレビドラマのロケにもしばしば使われる。

入口のガラス戸からそっと覗《のぞ》いた館内は、時間が止まったかのような静寂に包まれていた。東向きの天窓のブラインドだけが開けられて、差し込む朝陽に、細かな塵《ちり》がキラキラと乱反射している。

いたいた。やっぱりここか。

その光柱の中に、白いシャツのすんなりした背中を見つけ、恭介はにちゃりと脂下《やにさ》がる。抜き足差し足、後ろからそー…っと近づいた。

まだ司書も出勤していない早朝から、こんな黴臭《かびくさ》い場所に潜り込んでいる物好き。飴色《あめいろ》の長机に頬杖《ほおづえ》をついて、朝食のサンドイッチ片手に読書に没頭している。輝く黒髪、セピア色の海底でひっそりと呼吸する、きれいな生き物……

「だあーれ、だ?」

「あっ……？」

手の平に突然視界を奪われて、彼は、ハッと背中を硬張《こわば》らせた。だがすぐに、薄桃色の唇は微笑をはんで、

「退院は、午後の予定じゃなかったのか、樋口？」

恭介の手を、やんわりほぐす。

だが、紫がかった不思議な色合いの黒瞳で恭介の姿を見上げるなり、笑顔は厳しさに取って代わった。

「そんな格好でよく追い返されなかったな。宮田先生が門に立ってらしただろ？」

「いたいた。復帰早々、ドツキ漫才やっちまったぜ」

机の端に尻をのせ、恭介はサングラスを額に跳ね上げた。

「ガッカリだよな。久々に朔夜《さくや》さんの凜々《りり》しい門番姿拝めると思って、無理やり退院時間繰り上げさせたのに」

「もう三十分繰り上げてきちんと制服に着替えてくるべきだったね。宮田先生の心労を増やすのはやめなさい。ただでさえ最近めっきり薄くなったたって気にしてらっしゃるんだから。それに、復学前に停学処分、なんてことになりたくないだろ？　あとで生徒手帳持参で出頭すること」

いいね？　と、指の関節でコツンと額を叩かれ、「はあ～い」と良い子のお返事。

う～ん。これこれ。やっぱし朝はこれでなきゃ。

練り絹の黒髪、理知の瞳《ひとみ》、ミルク色の膚《はだ》。ユニセックスな、ともすれば冷淡に見えがちな美貌《びぼう》を、儚《はかな》くも柔和な印象に仕上げるとらえどころのない微笑。いつかテレビで見た国宝の菩薩像《ぼさつぞう》が、こんな微笑みを宿していたっけ……見る者の心を奪う、神秘的なアルカイックスマイル。萎《しな》びたジジイの顔とは雲泥の差だ。これぞ東斗の正《いと》しい朝の姿。

高等部三年、麗しの〃鬼の〃風紀委員長、草薙朔夜。愛しい愛しい、ひとつ歳上《としうえ》の――おれの恋人。

「それにしても、よくここがわかったね」

「そりゃーね、おれは草薙朔夜マニアですからー。朔夜さんの行動パターンなら、本人より熟知してるぜ。こんな天気のいい日は、授業の前に朝食がてら図書館で読書。朝メシはバス停前のコンビニ、二百八十円のミックスサンドにトマトジュース、と。なに読んでんの？

ユークリッド原論？……うえぇ、小難しい数式ばっか。目ぇチカチカする」

「学術書だと思うからだよ。詩だと思って読んでごらん。〃線とは幅のない長さである〃

……ロマンチックなフレーズだろ？」

「ロマンねえ」

恭介は首の後ろをポリポリ掻《か》いた。

学年首席、全国模試では五十番以内を軽くキープする恋人は、凡人とは少々、オツムの構造が違う。数学の時間はお昼寝タイムと決めている恭介は、あいにく、数式にときめくロマンは持たない。

(おれがトキメクものっつったら……)

チラリと、朔夜の耳から生え際への、繊細なラインに視線を滑らせた。

「……ん？　なに？」

窺《うかが》うように首を傾《かし》げる、小鳥みたいなかわいらしい仕種《しぐさ》。

かわいらしい、か。思わず苦笑。男にそんな形容詞捧げる日がこようとは、ほんと、夢にも思わなかったよ。

朔夜さん……あんたに出逢《であ》うまで。

「……会いたかったよ」

指先でそっと薄い耳朶《みみたぶ》をつまむ。すべすべした感触を愉《たの》しむように指をこすり合わせると、朔夜はくすぐったそうに肩をよじらせて、近づいてきた恭介の唇に、キスの代わりに片手のサンドイッチをねじ込んだ。

「毎日会ってたじゃないか。昨日の夕方も」

「病室で、じゃん」

押し込まれたトマトサンドをもごもごと咀嚼《そしゃく》しつつ、恭介は不満をぶちまける。

「クソくらえだっつーの、あんな色気のねートコ。ドアに鍵はかかんねーし、看護師はしょ

っちゅう見回りにくるし、見舞いはうるせーしガキはちょろちょろ走り回るし」

「女性にモテるのは知ってたけど、小児科の子供にまで人気があるのは意外だったよ。樋口、子供好きだったんだ？」

「まーっさか。ガキなんてうざってえ。ミニ四駆改造してやったら妙に懐かれちまっただけ。おれは朔夜さんだけにモテればいーの」

「はいはい。とにかく退院おめでとう。本当によかった」

読みかけの本に小さなプラチナの栞《しおり》を挟んで立ち上がる。そろそろ始業の時間だ。

「せっかく来たんだから授業に出るんだろ？　せめてシャツは替えなさい。それにピアスも」

「ダメですか」

「ダメですね」

「んじゃ、朔夜さん、外して」

左耳を突き出す恭介に、甘えんぼ、と朔夜は苦笑して、顔を近づける。

「屈《かが》んで……見えない」

ふっ…と、綿毛のような吐息が首筋をくすぐる。慣れない手つきで留め金を外す指を、握りしめ、胸の中に体ごと抱き込んだ。

朔夜が取り落としたラピスラズリのピアスがカツンと机の端で跳ね、机の下に転がっていった。

「授業がはじまる……教室に行かなきゃ」

「キスだけだ。朔夜さんが協力してくれれば、すぐにすむよ」

ミルク色のこめかみに、唇をすりつける。甘い匂い。たまんねえ。

「な……いいだろ、キスくらい。欲求不満で死んじゃいそうだよ。三週間もお預け食らってたんだぜ？　犬小屋みたいな狭っ苦しい病室に閉じ込められて、禁酒禁煙禁欲の三重苦でさ。もう我慢の限界だよ……」

重ねようとした唇を、またしても寸前でスルリとかわし、朔夜は揶揄《やゆ》めいた眼差しを投げる。

「禁酒禁煙禁欲、ね。とすると、何度かゴミ箱で発見したビール缶はなんだろう？」

「さあ。幻でも見たんじゃない？」

「とすると、煙草の吸い殻も、同室の人たちと酒宴を張って師長さんに絞られたのも、幻ってことになるのかな」

恭介は口を尖《とが》らせた。

「……禁欲はマジっすよ」

「そうだね。病室にキャバ嬢を呼んだりしなかったし、夜な夜なクラブ通いで窓から朝帰りなんかしたことないし、あまつさえ、タクシー代を夜勤の看護師さんに立て替えてもらったりはしなかったよね。えらいえらい」

……ち。誰だ、密告《チク》ったのは。

こんな小賢《こざか》しい唇は塞いでしまうに限る。恭介は片手で朔夜の華奢《きゃしゃ》な頤《おとがい》を包むと、素早く唇を重ねた。

「ん……！」

受け入れまいと、朔夜はぎゅっと唇を閉じ、恭介の肩に手をつっぱる。

恭介は無理強いせず、ただ、容易には逃げられぬように空いた手で首の後ろを支え、唇のラインを舌で何度も舐《な》めた。濡れた下唇に咬《か》みつき、ゆっくりと吸い上げ、音を立ててそれを離す。

「やめっ……」

執拗《しつよう》なその行為に頬を染めて抗議する唇を、言葉ごと、再び熱烈なキスで塞ぎ、もがく細い腰を両腕に巻き込む。

押しつけられた恭介の下肢に熱を感じ、朔夜は息苦しげに喘《あえ》いだ。その隙間に、絶妙のタイミングで舌を滑り込ませた。

「ん……！」

ようやく侵入を果たした肉厚の舌で、上顎《うわあご》をくすぐるようにまさぐると、朔夜は恭介のシャツをギュッと握りしめて、掠《かす》れた甘い声を漏らした。

下半身を直撃するその声に、背筋がぞくっと痺《しび》れた。

夢中で口腔を味わいながら、ネクタイの結び目の裏に人差し指をかけ、滑り落とすようにほどいていく。

二人の唾液《だえき》の音と、シュ…という衣擦《きぬず》れが、誰もいない図書館の天井に響く。もがいていたはずの朔夜の両手は、いつの間にか恭介の頰に添えられ、自ら激しく恭介の唇を求めてくる。恭介は彼のシャツを素速くたくし上げ、なめらかな素肌に手を這《は》わせた。

吸い付きそうに柔らかい膚に、目眩《めまい》がする。たまんねえ。ゴクリと生唾を飲み込む。

「朔夜さん……」

耳朶に熱っぽいキスをくり返しながら、胸の尖りへと指を這わせる。あ……と朔夜が掠れた声を漏らした。

ウエストミンスター風の美しい鐘の音が二人の頭上に響き渡ったのは、そのときだった。

「はい、そこまで」

朔夜は恭介の額を手の平でグイと押しやり、にっこりした。

「予鈴だ、教室に行くよ」

「ええ〜〜〜っ！　たったこんだけぇ〜っ⁉」

「こんだけ、じゃないだろ。あれだけ好き勝手してなに云ってるんだ」

不満をあげる恭介をよそに、朔夜は毛ほども余韻を残さぬ、憎らしいほどのポーカーフェイスでネクタイを締め直す。

信っじらんねー……なんなの、この変わり身の早さ。さっきまでおれの腕ん中でうっとりしてたのはどこいっちゃったんだよ。くっそー…平然としたツラしやがって……。

椅子に腰かけて、身仕度する自分をむっつりと見つめている恭介を、朔夜が厳しく促す。

「ボケッとしない。あと五分で本鈴だよ。授業の前にシャツを借りるんだろう？」

「……へーへー。わっかりました」

恭介は首の後ろを掻きながら、渋々と立ち上がった。腹の中は不満でいっぱい、それでも無理強いができないのは、惚《ほ》れた弱みの悲しさだ。……ったく、公私のケジメに厳しい恋人を持つと、苦労するぜ。

「そのかわり、今日は寝かさねーから。パークハイアットのスイート、リザーブしてある。外泊いいよな？」

退院祝いにシャンパン開けて、摩天楼《まてんろう》を見下ろすバスタブに赤い薔薇の花びら浮かべて。白のが朔夜のイメージだろうか？　だったら薔薇より、桜か山梔子《くちなし》……白い花を敷き詰めた上で、服も理性も、一枚一枚、剝《は》ぎ取ってやる。

泣いて、許して、って哀願しても放さない。多少の無体は許してくれよな。なんたって三週間もお預け食らってたんだもん。あーんなことやこーんなこと、してもいいよね？　ね？　ね？　んね〜っ？

「ダメだ」

「んん？　だいじょーぶ。心配しなくても、紐《ひも》も蠟燭《ろうそく》もクスリも使わねーから」

「そうじゃない」

朔夜は、髪の乱れを直しながら、どう切り出したものか迷うふうに、眉《まゆ》をひそめた。

「そういうことじゃなくて……つまり、君と深い関係を持つつもりはないんだ」

恭介は小首を傾げた。

「…………………ハイ？」

なんですと？

そのままどれほどの沈黙が続いたのか。――見つめ合う恋人同士の上に、再び、荘厳な鐘の音が鳴り響いた。

その美しい音が、やがて余韻の尾を引きながら消え、館内が水底のような静寂を取り戻すと、朔夜は、まるで神託を告げる巫女《みこ》のような顔つきで、B29の焼夷弾《しょういだん》クラスのとんでもない宣言を、三越前《みつこし》のライオンみたいに固まっている恭介の頭上に投下してくれたのだった。

「君のことは好きだ。けど――そういう関係は、望んでいない」

2

「幼稚園のガキじゃねーんだぞ？　相思相愛の二人がキスもなし、セックスもなしって？　小学生だって今時んな清らかなつき合いしてねーっての。アメリカなら三日で離婚だ。八十のジジイじゃあるまいし、思春期真っ盛りの十六歳だぜ、やりたい盛りなんだよ、たまってんだよ！　欲求不満で殺す気か⁉　どぉぉーっしってもやらせねーってんならなァ！」

「別れる？」

ウェーブのきいたロングヘアを風になびかせ、まり子は、屋上のコンクリにどっかり胡坐《あぐら》をかいた恭介に、冷ややかな視線を投げつけた。

「なんなら仲介引き受けるけど」

「……くそッ」

煙草のフィルターを奥歯で噛み潰《つぶ》し、仰向《あおむ》けにひっくり返る。まり子のプリーツスカートが、顔の上で風にはためいた。

足フェチならずともふるいつきたくなる脚線美。制服が似合わないことでは恭介にひけを取らぬ女だが、エンブレム入りの白い半袖《はんそで》シャツに臙脂《えんじ》色のリボンの夏服は、冬服の野暮なブレザーに比べればまだサマになっている。

十代には見えない早熟なボディライン、華やかで勝ち気な美貌。たとえるなら、まり子は深紅の薔薇だ。

朔夜は白薔薇……いや、散りぞめの桜だ。それも、人里離れた山奥で、闇《やみ》の中、月光に照らされてひっそりと佇《たたず》む桜の樹。

「そういえば、恭介の怪我《けが》、草薙朔夜が刺して怪我したって噂が一時期どっからか流れたのよね。嫌がる先輩を押し倒して、揉《も》み合ううちに果物ナイフでぐっさりと」

「アホくさ」

吐き出した煙が、雲ひとつない空に吸い込まれる。

「あの人が殺し損なうようなへマするもんか。やるなら喉《のど》バッサリ、一撃で仕留めるね」

ついでに云うと、朔夜の愛用品は刃渡り二十センチのサバイバルナイフだ。果物ナイフなんてかわいらしいものじゃない。

「エライのに惚れたものよね」

自分こそ男の寝首を掻きかねない美少女が、労りを込めて云う。

「噂はすぐに消えたけどね。見舞いに行った連中が、いくら恭介がおめでたくても自分の腸《はらわた》かっさばいた相手と脳天気にイチャイチャベタベタできるわけないだろう、って。先輩、毎日お見舞いに通ってたらしいじゃない」

「おまえは二回しか顔出さなかったよな」

「ごめん。バイトが忙しくて」

「おまえバイトしてたっけ？　なんの」

「月岡《つきおか》さんの知り合いのアクセサリーショップ。店員が急に辞めちゃって、次が見つかるまでピンチヒッター頼まれて」

月岡は二人のダイビング仲間で、まり子とは昔から兄妹同然のつき合いをしている弁護士だ。例の事件でも親身になってくれた。

「アクセショップか……なあ、そこおまえのカオで安くなる？　一個なくしたまんまなんだよな」

左耳に手をやる。図書館で落としたピアス、探すのを忘れてそのまんまだ。朔夜の台詞《せりふ》があまりにショックで。

「社割で10％オフになるから、今度見に来たら？　で、理由は訊《き》いたの？　なんでやらせてくれないんですかって」

「訊いたさ」

「なんて？」

煙を吸い込み、恭介は眉間《みけん》に深刻そうな深い縦皺《たてじわ》を刻んだ。

「……そういうことは、高校生にはまだ早すぎる、って……」

「云いそう。さすが、鬼の風紀委員」

「なにが風紀だよ。だいたいあの人はなあっ……」

「なによ？」

「……なんでもない」

云えるか。あの潔癖を絵に描いたみたいな風紀委員長が、男をとっかえひっかえしてやりまくってた……なんて。

「嫌がってるんだから仕方ないじゃない。我慢できないなら、さっさと別れたら？」

「ま〜り子ぉ〜」

いつにも増して鋭い棘《とげ》を纏《まと》った幼馴染《おさななじ》みを、恭介は情けない表情で見上げた。

「なんでそう朔夜さんのこと毛嫌いするんだよ。うちで飯食ったときは、おれを除《の》け者にして盛り上がってたじゃんか」

「恭介こそどうかしてるんじゃない？　あの人のせいでそんな大怪我したのよ？　好き嫌いの問題じゃないでしょ。……それに、……」

美しい横顔が、ふっと硬化する。暗がりで目を凝らすのになにも視《み》えない……そんなもどかしいような目つきをして、中指の爪《つめ》を咬む。

「……知ってるでしょ。小さい頃から、こういう勘は外れたことがないの。草薙朔夜は、厄《やっ》介《かい》よ」

恭介は眼を細め、蒼穹に煙草の煙を吹き上げた。

「……わかってるさ。厄介なのは。おれのおめでたい頭でもな」

草薙朔夜。三月二十五日生まれ、十七歳。教諭方の信頼も篤《あつ》き、才色兼備の優等生。ただし優柔不断、八方美人の性格が難を招いて、ストーカーに命を狙《ねら》われるハメにも陥った。恭介の全治一ヵ月の重傷は、そのとき彼を守った名誉の負傷だ。

その事件の渦中、恭介は知ったのだ。朔夜の中に棲《す》む、もう一人の彼を。朔夜の意思とは無関係に出現し、行きずりの男と情事を楽しむ、もう一人の朔夜の存在を。

それこそが、あの事件のきっかけを作ったそもそもの元凶であり、今現在も朔夜を苦しめている〝最高機密〟に他ならない。まり子の勘は、確かに侮れない。

解離性同一性障害《DID》——多重人格。

ドラマや小説の絵空事だと思っていた。あの劇的な変貌をこの目で見るまでは。

信じがたい変貌だった。なにかが取り憑《つ》いて、朔夜の肉体をそっくり乗っ取ってしまったかのようだった。仮面をつけ替えるように、一瞬で顔つきがガラリと変わった。ふんわりと甘い美貌が、きつく冷ややかに——そして、血の滴る大輪の緋牡丹《ひぼたん》の如く、妖艶《ようえん》に。

完璧に人を見下した冷酷な目つき。挑発的な口調。声までいつもよりハスキーになった。あまつさえ、恭介を組み伏せて強姦《ごうかん》までして下さった。本来の、潔癖で品行方正な朔夜とはまったく正反対の人格——

朔夜が親しい友人を持とうとせず、人とのつき合いに距離を置くのは、その秘密を知られるのを恐れているためだ。目下セラピストのもとで治療中だが、十四歳のときから丸三年以上、たった一人で苦しんでいたことになる。

(知られたら……きっと君に、嫌われるって)

(遠くで見てるだけで満足だったから)

(君に嫌われるのが、怖かった……)

ずっと君が好きだった……。あんたは甘い告白をくれた。ほんの三週間前だ。その同じ唇で、今度はおれを拒絶する。黴臭い書庫で交わしたキス……まだ温《ぬく》もりが唇に残っている気さえするのに。

わっかんねえ。だってさ、あの人だって仮にも思春期の男だぜ？　恋人とイチャイチャしたいとかぐちゃぐちゃしたいとかネチョネチョしたいとか、そーゆーことで一日中頭がいっぱいなはずだろ、フツー？　朝から晩までセックスのことばっかし考えてるのが、高校男児の正しい姿ってものだろう？　まだ早すぎる、なんて、教育評論家のババアじゃあるまいし。

予鈴が昼休みの終わりを告げた。まり子は両手を頭上で組んで、んーっ、と体を伸ばす。真っ青な空が綺麗《きれい》だ。

「あーあ、なんで貴重な昼休みをホモの愚痴なんかで潰しちゃったんだろ。やだやだ。男同士の惚れた腫《は》れたなんて金輪際興味ないのに」

「そう云うなってー。同じ産湯に浸かった仲だろ」

「同じ産院で産んでくれたこと、恨むわ、天国のママ」

さっさと背を向け、階段を下りていきながら、空に十字を切る。おまえんち、真言宗だろ。しかたなく恭介も起き上がり、ズボンの埃《ほこり》を払いながら階段を下りた。給水塔下の出入口は天井が低く、いつも頭をぶつけそうになるのが難だ。

「だっておれのか弱い頭じゃお手上げなんだよ。キミが嫌いだからセックスできません、ならわかるけどさ。好きなのにいたしません、ってなんだよ。さーっぱりわかんねえ」

「恭介にわかんないことが、わたしにわかるわけないでしょ」

「けどおまえと朔夜さん、共通項が多いじゃん。眉目《びもく》秀麗、才色兼備」

「おだてには乗らない」

「それに、二人とも、おれの大事な人だ」

「……………」

スタスタと先に階段を下りていたまり子は、立ち止まり、軽く睨《にら》むように恭介を見上げた。怒っているわけじゃない。これで一応、照れているのだ。

「……臆面《おくめん》もなく。その手に何人の女が騙《だま》されてきたんだか」

「おまえには本音しか云わないよ。下手な嘘なんかすぐ見抜くだろ。なあ、なんか理由思いつかない？」

まり子は仕方なさそうに溜息《ためいき》をついた。

「ひとつ、思いつかなくもないけど」

「マジで？　なになに？」

「一度はそういう関係になって、告白もされた。キスはまんざらでもない様子」

「うんうん」

「入院中は毎日欠かさずお見舞いに来てくれた。これは明らかに体を張って命を救ってくれた恭介に恩を感じてる。愛情もきっと深まったはず。にもかかわらず二度めを拒む。……ってことは」

「ってことは？」

「つまり……」

「つまり⁉」

手摺《てす》りから落ちんばかりに身を乗り出す恭介に、まり子は真顔で告げた。

「恭介、救いようがないくらい、ド下手っぴーなんじゃない？」


「あ……あ、あぁっ……」

忙《せわ》しい声。密室を満たす、熱い息遣い。細い踵《かかと》がシーツを蹴《け》る。

「い……い…、恭介……ン！　ア、アッ、ダメ、いっちゃう、い……——」

褐色の胴を挟みつけた白い太腿《ふともも》がビクビクと痙攣《けいれん》し、女はベッドヘッドに逆さまに額をすりつけて絶頂に達したようだった。女陰が収斂《しゅうれん》し、食いちぎらんばかりに雄をきつく絞り込む。女の両脇に腕をつっぱったまま、恭介は冷静な眼差しで女の裸体を見下ろしていた。体は確かに快感を感じてはいたが、頭の芯は妙に冷えていた。

「……アッ⁉」

快感を極めてぐったりと弛緩《しかん》した体を、いきなり抱き起こされ、強靭《きょうじん》な腰のバネに再び突き上げられて、女は大きく目を見開く。待って…、と譫言《うわごと》のようにくり返す唇が、快感の進行に従って、男の首筋にしゃぶりつき、唇を貪《むさぼ》る。長い爪が背中をかき毟《むし》る。粘着質の音。匂い。弾む息。喘ぎ。クライマックス。——

「……なにかあったの……？」

湿ったシーツの上。

閉じたカーテンの隙間から、細く光が漏れていた。

シーツに腹這いになった女が、気怠《けだる》そうな仕種で、傍らの男の汗ばんだ胸板に指を這わせる。まだ十六歳とは思えぬほどの厚み。ベッドヘッドにもたれ、咥《くわ》え煙草で目を閉じている褐色の横顔は、少年の清々しさを留《とど》めている、そのアンバランス。

シーツの中に潜り込み、太腿の間をまさぐっている女の手を、恭介は無造作に払いのけた。

「……べつに。なんで」

「彼女と喧嘩でもしたのかな……と思って」

ほつれた髪を撫《な》でつける。サロンで念入りに手入れされた白い手指。左手にはプラチナのリングが光っている。

「病院にお見舞いに行ったときにはけんもほろろに追い返したくせに、いきなり呼び出したと思ったら…だもの。……腰がおかしくなっちゃった」

「携帯の番号勝手に置いてったのはそっちだろ」

ナイトテーブルの上で腕時計のアラームが鳴った。煙草を消し、床に脱ぎ捨てた制服のシャツに袖を通す。

「シャワーも浴びずに帰るの?……まだ四時半よ」

「学校」

「学校?　もう四時半よ?」

恭介は応えず、下着を着けた。汗で剝がれかけていた脇腹の傷テープを剝がしてゴミ箱に突っ込む。

こびりついた女の匂いをシャワーで落としたかったが、時間がない。すっとんで戻ってギリギリ下校時刻だ。復学してからの、ストーカー対策に朔夜をマンションまで送っていく日課を、欠かすわけにはいかない。

「……中学時代はまともに授業に出たためしがなかったわね」

身支度を調える広い背中を見つめながら、妙子《たえこ》がぼんやりと云った。

「お母さまの代わりにわたしが学校に呼び出されたの、覚えてる？　お宅ではどんな躾《しつけ》をしてるんですかって、たっぷり二時間も絞られちゃった」

ベッドの端で靴下を履きながら、恭介は片頬で笑う。

「期末テストすっぽかしたときだっけ。お袋呑気《のんき》だから、先生に任せておけば安心ね、とかなんとかいってさっさと出張行っちまうし」

「あれはお母さまの嫌味よ。家庭教師なんていったって、ほとんどお仕事してなかったもの……高いお給料いただいて申しわけないっていつも思ってた」

「妙子に教えてもらったのって、服着たままやる方法だけだったもんな」

「やぁね。連立方程式だって教えたじゃない」

シーツを体に巻きつけ、妙子はくすくす笑いながらベッドの上に起き上がる。

三年前より、頬がややふっくらしただろうか。額の広い丸顔の、おっとりとした顔の造作を、カールした栗色の髪が縁取る。一児の母とはいえ、まだ二十五歳。充分に独身で通る若さと美貌だ。

「……ねえ。その傷、病気だったたっていうのは表向きで、別れ話がこじれて女に刺されたって……ほんと？」

制服のシャツのボタンを留めながら、恭介は自分の腹部を見下ろした。褐色の皮膚に走る、下手くそなミシンの縫い目みたいな縫合痕。そこだけが、まだ生々しいピンク色だ。

「嘘に決まってんだろ。そんなドジ踏むかよ」

シャツの裾《すそ》をズボンの中に突っ込む。

悪化した虫垂炎による腸閉塞《ちょうへいそく》。――というのが、表向きの病名だ。

あまりカッコいいものじゃないが、学園の誇る秀才がストーカーに殺されかけ、巻き込まれた後輩は全治一ヵ月の重傷――なんて、スキャンダルもいいところ。来春の入学者数への影響を憂慮した学園理事会が、どう手を回したものか、病院、新聞テレビ等の報道までも押さえ込んで厳しい箝口令《かんこうれい》を敷いたため、事件の真相は、一部の関係者の胸のみに留まったのだった。

お陰でよけいな詮索《せんさく》に悩まされずにすんだが、痴情のもつれだヘルニアだとデマの横行が絶えないのは――過去の行状を鑑《かんが》みれば無理もない。朔夜と出逢うまでは、それこそ二日と女を切らしたことのない乱れ切った生活だったのだから。

たいして変わってねーか、いまだって……。

授業を抜け出して、人妻とホテル。変わったとしたら、それを心から愉しめなくなった自分だ。このザラついた後味の悪さ。

なにやってんだ、おれ。まり子の云うこと真に受けて……。好きでもない女相手に〝証明〟

してどうなるってんだ？　朔夜の口から下手クソと云われたわけでもなければ、それを理由にされたわけでもないってのに。

そもそも、あの最中、朔夜はもう一人の人格に乗っ取られていて、ほとんど正気じゃなかったのだ。改まって確認してはいないが、記憶がはっきりしてるかどうかも怪しい。

ただ――まり子は、痛いところを突いていた。

女には百戦錬磨の恭介だが、男は朔夜が初めてだ。これまでの知識やキャリアはほとんど役に立ちそうにない。自分の意志じゃなかったにせよ、かなりの経験を積んできた朔夜をちゃんと満足させられるのか？……セックスの相性が合わないのは、性格の不一致以上に致命的だ。恭介にしろ、それで別れた女も少なくない。

身支度を調えて立ち上がると、妙子がベッドを滑り下り、シーツ一枚きりの体を背中にぎゅっと押しつけてきた。

胸板のサイズを計るように、両腕を恭介の体に回す。甘ったるい香水の匂い。ふくよかな胸の突起が肩甲骨の下を刺激する。

「……逞《たくま》しくなった。身長、いくつ？」

「さあ。一八五、六じゃねえの」

「傷……痛む？」

「時々な」

「水泳、まだ続けてるの？」

「たまに泳ぎには行ってる。クラブはやめた」

「あの頃は、毎日学校で泳いで、そのあとジムのプールでも泳いでたわね。体壊すんじゃないかって、心配なくらい」

ネクタイを丸めて胸ポケットに突っ込みながら、恭介は片頬で嗤《わら》った。

「へえ。心配……ね。そんなに水に浸《つ》かってるのは欲求不満だからだ、ってからかわれた覚えしかないぜ」

「まだそんなこと覚えてるの？」

笑う。振動が背中の皮膚に伝わってくる。

「誰かに云ってみたかったのよ。心理学の講義で習ったばっかりだったの。……ねえ、まだいいじゃない。夕食、一緒にするつもりで来たのよ。ここのレストラン、夜景もいいって評判よ」

「旦那と子供が家で待ってんじゃねえの」

「……恭介、変わった」

唇がシャツに押しつけられ、メゾソプラノがくぐもる。

「少なくとも二年前の恭介は、こういうことの後に逃げるように帰ったりしなかったわ。……そんな突き放すみたいな喋《しゃべ》り方も」

「……」

恭介はフッと吐息をついた。

「……悪い」

胸に回された両手に手を重ね、そっと摩《さす》る。

「苛々《いらいら》してるからって、妙子に当たることはないよな。……ごめん。悪かった」

「そうよ。ひどいわ」

いとけない子供のように、恭介の肩甲骨に白い額をこすりつけてくる。拗《す》ねたときの甘い声の響きが、三年前は大好きだった。女を甘やかせる自分を大人だと錯覚してた、あの頃。

恭介は彼女の体をくるりとフロントに回すと、ほつれ毛をやさしく撫でつけた。両手に顔を挟み、額をそっとすりあわせてやる。ようやく、妙子の唇が綻《ほころ》んだ。

「……本当云うとね。恭介、わたしのことなんてもう忘れちゃったんじゃないかと思ってた……。三年も音信不通だったものね。お見舞いに行ったときも、誰？　って云われるんじゃないかって、内心ビクビクしてたのよ」

「まさか。忘れるわけないだろ。妙子は大事な人だよ。結婚したって聞いたときは、これでも結構ショックだったんだぜ？」

「……」

ふいに妙子の眼から微笑みが失《う》せた。感情のない眼差しは、彼女を見知らぬ、老いた女のように見せた。

　ゆっくりと恭介の胸に体を預けた妙子は、カーテンの閉じた窓に向かって、静かに呟《つぶや》いた。

「……わたし……離婚するかもしれない」


　宿泊階用のエレベーターで、フロントのある階まで下りる。客室、フロントそしてメインロビーと、フロアごとにいちいちエレベーターを乗り換えなければならないのが、この高層ホテルの面倒なところだ。

　制服姿の恭介に、物珍しげな視線が集まる。人目を引くのは慣れっこだ。シックな色合いの絨毯《じゅうたん》が敷き詰められたライブラリーコーナーを急ぎ足で横切っていくと、カフェやレストランのある一角に、行く手を遮るように華やかな装いの披露宴客が溢《あふ》れていた。腕時計を見ようとして、舌打ちした。ナイトテーブルに外しっぱなしだ。

　何年も父親にねだり続けて、高校の入学祝いにやっと手に入れたブライトリングのクロノグラフ。なくしたじゃすまされない。

　回れ右した恭介の視界を、見覚えのあるシルエットがすっと横切った。え、と声を出して立ち止まる。

たったいま恭介が歩いてきた、ライブラリーコーナーの陰——

とっさに、手近にいたドレスの女性と腕を組み、背中を向けた。いきなりのことに彼女は目を丸くする。

「あ、あの？」

「しッ！」

心臓がドッ、ドッ、と早鐘を打つ。冷や汗が噴き出した。その後ろを、彼《か》の人はゆっくりと通りすぎていった。

学校帰りらしく、制服姿。鞄も持ったままだ。エレベーターの前で立ち止まり、表示を眺める。

なぜだ？　どうしてだ？　どどどーしてこんなところにいるんだよりによってこんなタイミングで！

いや、いやいやいや、落ち着け。こんなニアミス、百万遍も経験済みだろうが樋口恭介！浮気現場に踏み込まれたわけじゃないんだ。落ち着け、息を潜めろ、やり過ごせ！

「きみ」

心臓バクバク、冷や汗ダラダラ、紳士服売場のマネキンみたいにガチガチに固まっている恭介の背後を、五十がらみの男が小走りに通りすぎた。エレベーターに乗り込もうとした朔夜が振り返り、立ち止まる。

礼服に白いネクタイ。披露宴客の一人らしい。二人はエレベーターをやり過ごしてなにやら話し込んでいる。男の手がさりげなく朔夜の肩にかかるのを目にして、ブツッとなにかが音を立てて切れた。

「あんにゃろゥ……！」

「恭ちゃん」

「グェ」

飛び出しかけた恭介は、出し抜けに後ろから襟首《えりくび》をグッとひっぱられ、つんのめった。

「なにしやが……お――お袋っ⁉」

「やーねっ。里美《さとみ》さんて呼びなさいっていつも云ってるでしょ。ぬかみそ臭い呼び方しないでちょうだい」

どこから現われたのか、白いシャネルスーツで身を固めた華やかな美女が、柳眉《りゅうび》を吊《つ》り上げていた。その後ろに、上品な中年婦人が三人、キラキラした目で恭介を見上げている。

「里美の息子さん？」

「まあ、背が高いのねえ。モデルみたい。その制服、東斗？　いいとこ通ってるのねぇえ」

「羨《うらや》ましいわ、里美さん。こんなすてきな息子さんがいて。うちのと取り替えたいわァ」

「まあァ、い〜ええ」

かしましい声が朔夜の耳に届きやしないかと冷や汗をかく恭介の腕を取り、里美がおほほと口に手を当てる。

目の輝き、肌の艶《つや》、トップモデルまっつぁおのボディライン。どれを取っても四十代には見えない、まさに魔女の美貌の説得力で、経営する高級エステティックチェーンの株価はうなぎ登りだ。

「やんちゃ坊ずなのよぉ。ナリばっかり大きくなっちゃって手を焼いてるの。恭介、こちら、わたしの大学時代のお友だち。これから皆でお茶するから、あなたもつき合いなさい」

「ええっ？　ちょっ……勘弁してよ。今それどこじゃ」

「まあァ」

しきりにエレベーターホールに気を取られる恭介の耳をグイとひっぱり、里美は声にドスをきかせた。

「扶養家族の分際で母親に恥かかせる気。今月の小遣い、わかってんだろうね。え？」

「……ご一緒させていただきますです……」

扶養家族の立場は弱い。がっくり頭を垂れた息子に、里美はにっこりと頬笑んだ。

「そこのティルーム、美味《おい》しいハーブティを飲ませてくれるのよ」

オバサマ方に取り囲まれ、強引に腕を取られてエスカレーターへ。——首を巡らせて見ると、男をホールに残したまま、朔夜は姿を消していた。

3

「……樋口？」

六月の空に薄闇が広がる時刻だ。

右手に学校指定の革鞄、左手にコンビニの袋を提げてエレベーターから降りてきた朔夜は、自宅の玄関前で胡坐をかいている大男の姿に、訝《いぶか》るように立ち止まった。

「……お帰んなさい」

恭介は尻の埃を叩きながら、のっそりと立ち上がった。一時間近くも通路に座っていたせいで、尾骶骨《びていこつ》が痛い。

「どうしたんだ？」

「んー……ちょっと顔見に。こんな時間までどこ行ってたの？」

「どこって、学校に決まってるだろ。それにこんな時間て云ったって、まだ……」

と、左手を見、そこに腕時計がないのに気づいて、ちょっと眉をひそめる。

「……まだ七時前だろ。樋口こそ、昼からサボって今までどこにいたんだ？」

「え？　あー……まあ、ちょっと」

気まずげなごまかし笑いを浮かべる恭介を、玄関の鍵を開けながら、しょうがないな、と横目で見上げる。

「宮田先生が、またいつもの病気が出たんじゃないかって心配してらしたよ。あんまりサボってると出席日数が危なくなるぞ。入院がかなり響いてるんだろう？　留年したくなかったら、きちんと授業に出ること。いいね」

「ハーイ」

「返事だけはいいんだからな」

朔夜は溜息をつき、ドアを開けた。

「上がってくだろ？　コーヒーでも淹《い》れるよ」

「ん……。……なあ、朔夜さん。あのさ、さっき……」

さっき新宿のホテルにいなかったか？——尋ねかけた恭介を、朔夜の穏やかな瞳が見つめ返す。

「なに？」

「……いや。オジャマしまーす」

恭介はのそのそと玄関で靴を脱いだ。だめだ。疚《やま》しさがあるせいで、恋人の目が直視できない。

リビングに恭介を通し、朔夜は制服を着替えに奥の和室に引っ込んだ。先日の火災以来の来訪だが、マンションはすっかり改装がすみ、水浸しだった床も無残な焼け焦げもきれいに処理されていた。

やもめ親父と二人暮らしのわりに、隅々まで掃除も行き届いて、男所帯にありがちな荒《すさ》みは感じない。インテリアもさっぱりとした、感じのいいものばかりで、バリ島の籐《とう》のソファと北欧製のテーブルなんかが心地好《よ》く同居している。聞けば、父親が海外出張の度にあちこちから買い集めたものだという。あのガサツそうななりで、意外な趣味だ。

「コーヒーでいい？　紅茶とハーブティもあるけど」

私服に着替えてきた朔夜が、キッチンのカウンターテーブルにコンビニ袋の中身を広げながら訊く。

「コーヒー。ハーブはもういいや」

「もういいって？」

「あー、さっきお袋に捕まって……あの、朔夜さん。まさかと思うけどそれ……今日の晩めしじゃないよな？」

「そうだけど？」

朔夜がコンビニの袋から取り出してカウンターテーブルに並べたのは、シャケ弁。見ただけで食欲が失せそうな衣ばっかり分厚い海老フライと、人工甘味料どっさりのポテトサラダつき。

「そうだけど、じゃねーってば。こういうのはコレステロールの塊なんだぜ？　味つけ濃いわ塩分多いわ添加物コテコテだわ。あーあー、それにレトルトこんなにどっさり買い込んで。こんなもんばっか食ってたら体に悪いよ」

「わかってるけど、便利でつい、ね」

朔夜は子供の頃の薬の副作用が原因で、重度の味覚障害がある。なにを口に入れても無味無臭なのだそうで、よって食に関する関心がまったくない。なにせ、安いからって理由で、学校の体育会系クラブで罰ゲームに使われるほどクソまずい東斗の学食カレーを半年間毎日食べ続けていた剛の者なのだ。

「だからって、んなもんばっかじゃ栄養偏っちゃうよ。なんかねーの？」

キッチンの冷蔵庫を覗く。卵に野菜が少しと冷凍の牛肉、海老もある。

「なんだ、これだけあればあり合わせでなにか作れるよ。へー、調味料もずいぶん……」

ターメリックにバジルにサフラン、ローリエ、ナンプラー、八角……本格的な調味料がガラス容器に入れられてずらりと並んでいる。シンク下を開けると、プロ仕様の鉄のフライパン、ステンレスのずんどう鍋に中華せいろ、出刃や刺身包丁まで揃《そろ》っている。

「うお、すっげー充実。お、土楽鍋！　これ土鍋のくせにステーキも焼けるんだよね。欲しかったんだよなー……あれ、けど、あんまり使ってないみたいだね。フライパンも錆《さび》が出ちゃってる。調味料も賞味期限切れてるのばっかだし」

「ずいぶん使ってないからね。鍋も、手入れとかよくわからなくて」

「親父さんのですか?」

朔夜は味覚障害のせいで料理音痴だ。ここにあるような調理器具を使いこなせるタイプじゃない。

「父はアウトドア料理専門。とってきた魚や鳥を捌《さば》いたり、ラムの丸焼きなんかは得意だったけど、それを使ってたのは祖父だよ」

「へー。ハイカラなじいちゃんですね」

「うん。若い頃は父と同じようにあちこち飛び回ってた人でね。もう亡くなったんだけど、なんとなく捨てがたくてそのままにしてあるんだ。……父もなにも云わないから、何年もずっとこのまんま」

調味料入れの蓋《ふた》をそっと撫でる。中身はカビてしまっているけれど、瓶《びん》は塵も被《かぶ》っていないことに、恭介は気づいた。大切にされているのだ。想い出とともに。

「朔夜さん、じいちゃん子だったたんだ」

「そうだね。大好きだった。祖父に育ててもらったようなものだから……」

朔夜の父親は著名なジャーナリストで、今も年の半分以上、海外を飛び回っている。例の事件の時は船上にいて、連絡を取るのに五日もかかった。

……寂しいのかな。いつも一人で寝起きして、味気ないコンビニ弁当つついて。おれも似たようなものだけど、一人で食事をしたり、暗い部屋に帰るのは好きじゃない。

よし。これからはおれがじゃんじゃん押しかけて寂しい思いなんかさせないからね、朔夜さん！

と。物思いに沈んでいた朔夜が小さく噴き出した。

「いや、おじいちゃんなんて呼んだら墓場から蹴飛ばしに出てくるかもと思って。ぼくも父も絶対そんなふうに呼ばせてもらえなかったんだよ。老け込む呼び方すんじゃねえ、おれには竜一《りゅういち》って立派な名前があるんだ！　ってね」

「ひゃー。おっかねえ。天国でおれが朔夜さん誑《たぶら》かしてんの見て、頭から湯気立ててたりして」

頭に輪っかをくっつけて、首まで真っ赤になっているハゲじじいを思い浮かべて苦笑いする恭介に、朔夜はリビングのキャビネットを指さした。

「祖父だよ」

「……………」

「亡くなるちょっと前、家族で温泉に行った時のなんだ。写真嫌いであれだけしかなくて」

ああ、温泉。だから三人とも浴衣《ゆかた》なんだ。いいなあ浴衣姿の朔夜さん。その右で片袖はだけて捩《ねじ》りハチ巻きしてるのが、こないだ見舞いに来てくれた父親だな。ガスレンジの汚れをなすりつけたみたいな色に陽焼けした、でかくてごつい不敵な面構えの男。タヒチの魔除《よ》けとかいって、鳥の羽根がさわさわついたでかい天狗《てんぐ》みたいなお面を担いできて、開口一番「朔夜を庇ってどてっ腹に穴開けたって？　命がけで体張るなんざポイント高いじゃねえか。あのお堅いのもちったあその気になろうってもんだ。いやー、若いってのはいいなあ。おれもキバッてもう一花咲かせにゃあ」……って。あれが父親の台詞かよ。豪快っつーか豪放磊落《らいらく》っつーか。朔夜が時折見せる大胆な一面は、父親譲りに違いない。

いや、それはいいとして。

「あのー、朔夜さん。……おじいちゃんって云ったよね」

「うん」

「お兄ちゃんの間違いじゃ……ないよね」

「ない」

「じゃあなんで父親よりじーちゃんのほうが若いんだよ⁉　ＳＦＸ⁉　なんかの呪《のろ》い⁉」

「若い頃、人魚の肉を食べたって云ってたけど。でも君のお母さんほどじゃないよ」

愉快そうに、朔夜は腕まくりして手を洗いはじめた。

「樋口も一緒に食べてくだろう？　今日は父も帰ってこないし」

「親父さん、また海外？」

「仕事でホテルにこもってる。カイロから帰ってから珍しく東京に居ついてるんだけど、いればいたでこき使われて参るよ。原稿届けろとか清書しろとか。今日も仕事の資料、カンヅメ先まで届けさせられて……」

「なんだ――そうだったんだ」

「え？」

「今日パークハイアットで見かけたからさ。あ、おれ、さっきまであそこで里美さんと茶ァしてたんだ。なんか里美さんの大学の同期？　オバサマたちに捕まっちゃってさ。腹ガボガボンなるまでハーブティ飲まされた。……エレベーターホールで誰かと喋ってたよね」

「ああ……べつに。知らない人だよ。時間を聞かれただけ。なにか手伝うことある？」

「あ、んじゃ、トマト洗って、ヘタ取ってざく切りにして下さい」

「ざく切り……」

「おわっ、あぶねっ、そんな切り方したら手ェ切るよ！　包丁はね、右手でこう、人差し指をここにのせて。左手は指を丸めてしっかり押さえる。で、スーッと……ね？」

「本当だ。すごいな樋口。プロみたいだ」

朔夜は珍しくはしゃいで、背中から両手を取って指導する恭介を見上げる。口ぶりが子供みたいで、なんだかかわいい。恭介もつられてニコニコになる。

そーかそーか。親父さんのお使い。なーんだそーだったのか。やだなあ。自分に疚しいことがあると、つい人のことまでそういう目で見ちゃって……。悔い改めよう。神様仏様朔夜様！　天地神明に誓って、二度と浮気はいたしません！

だってさ、好きなんだよ。セックスさせてくれなくても、なにを考えてるかいまいち摑《つか》めなくても、どんな厄介事を抱えてようとも。やっぱり、この人が一番好きだ。他のやつじゃ代わりにならない。

代打のきく想いじゃないんだ。体も、心も。おれはあんたじゃなきゃダメなんだ。

「……時に、樋口」

慣れない手つきでトマトに包丁を入れながら、朔夜が、ごく穏やかに尋ねた。

「さっきから君の両手は、包丁でもトマトでもないものをいじり回しているようだけど、それはなんの料理なんだろう？」

「およっ？　いつの間に」

わざとらしく、背中から覆い被さって胸を撫で回している自分の手を見遣る。脇腹をかすめると、朔夜はくすぐったそうに体を波打たせた。

一七七センチの長身にもかかわらず、朔夜にたおやかな印象があるのは、骨組みが華奢なせいだ。こうして抱きしめてみるとよくわかる。両手にすっぽり収まる感動的に小さな頭蓋《ずがい》骨《こつ》。顔の輪郭。すんなりとした首、肩幅も、肋骨《ろっこつ》の丸みも、腰も手も、なにもかも……まるで、こうして愛されるために神様に造られた生き物みたいに。

「こら」

濡れた指で顎をすくい上げた恭介を、にっこりと窘める。右手でぎらつく万能包丁。目だけ笑ってないのがむちゃくちゃ怖いが、この程度でひるむようでは、朔夜とはつき合えない。

「んだよー。深い関係はダメって、キスもダメなんかよー」

「時と場合と種類による」

「んじゃどこまでがセーフでどっからがアウトなんだよ？　口と口くっつけるだけならよくて、舌入れんのはアウトなのか？　今日はそのへんをハッキリさせとこうぜ。唇を舐めるのは？」

「それは……セーフ、かな」

「じゃあ舌入れて、かき回して、上顎をそっとくすぐったりするのは？」

うなじにツ…と指を滑らせる。細い肩先がピクッと跳ねた。反応を楽しむように、黒髪の襟足にくちづける。

「唇以外のところにするのは、アウト……？」

朔夜はちょっと潤んだ目で微笑《わら》った。

「……その問題は少し置いておくとして、今現在検討すべきなのは、種類より、この状況だな」

「状況？　自宅のキッチンに二人っきり。朔夜さんはおれにきつく抱きしめられて、腰の後ろにおれの圧迫感を感じて、しょーもなくスケベな男だと思ってる」

「そう、そして——」

と、朔夜は冷静に、包丁で真横を指した。

「それをそこで、父が見てる」

カウンターキッチンに、大男が頬杖をついて、煙草をゆっくりふかしていた。恭介と目が合うとニヤついて、ごつい手をのっそり挙げた。

「よぅ。さっそくキバッてんな。色男」


「ふーっ、食った食った。旨《うま》かった。ホテルのメシはどうも食った気がしなくてな。サク坊に頼み忘れた資料取りついでに戻ってきて儲《もう》けたな」

馬並みの食欲で三人分を――結局材料が足りず、恭介がスーパーへ買い出しに行ったのだった――ぺろりと平らげ、食後のアイリッシュコーヒーを二杯飲んで、草薙父は、ようやく満足そうに胃袋を撫でた。晩酌《ばんしゃく》にビール大瓶三本とワインを二本開けて、ケロリとしている。

「おまえさん、職変えたほうがいいんじゃないか？　ホストよりコックのが向いてるぜ」

「はあ……どうも」

「酔い醒《さ》ましがてら、そこまで送ってくるよ」

「ああ。おれも車呼んで戻らにゃ。じゃあまたな。今度は和食頼むわ」

熊オヤジに送り出され、恭介は朔夜と二人、マンションを後にした。小さな商店街を抜けて、駅へは徒歩十分ほどだ。

「父があんなに褒めること、めったにないんだよ。なにを作っても黙ーって食べてるから張り合いがないいって、いっつも文句云われてた。本人に云わせると、『まずけりゃ食わない』ってことらしいけど」

酒豪ぶりは遺伝らしい。父親と同じほどの量を飲んだのに、朔夜はほんのり顔を赤くしている程度だ。いつもより舌が滑らかかな、というくらいだ。

「あんだけ豪快に食ってもらえると気持ちいいよ」

恭介はビールでほろ酔いだ。

「お袋も女にしちゃ大食らいだけど、あれほどじゃねえもんな。親父さんて面白い人ですね。……けど、未だにおれのことホストだと思ってんのかな」

「それは君のスタイルに大方の原因があると思うけどね。そのピアス、明日はちゃんと外して登校するように。いいね」

「へーい。しっかし朔夜さん、酒強《つえ》えのな。どんくらい飲めるの?」

「日本酒なら二升《にしょう》くらいかな」

「二升っ⁉」

「それ以上は飲んだことがないからわからない。子供の頃から祖父の晩酌につき合わされて、ずいぶん鍛えられたから。二日酔いもしたことがないし」

「はあ……」

しかし、ポン酒二升とは。酔い潰してどーこーしようってのは無理だな……こっちが先に潰れて背中さすられちゃシャレにならん。

「なにがシャレにならないって？」

「こっちのこと。おれが親父に鍛えられたのは料理だなぁ。お袋は昔から仕事一筋、ってゆーか料理音痴でさ。結婚してた頃は、食事は親父の担当だったんだ。男子たるもの台所に入るべし、ってのが親父の持論で、胃袋でうちのお袋射止めたんだって。いいオンナ捕まえたければ料理の腕を磨けって、こーんなガキの頃から包丁持たされてさ。それで当人が離婚してりゃ世話ねーっての」

「……樋口の料理、きっと美味しいんだろうな」

ぽつんと呟いた朔夜の横顔は、少し寂しそうに見えた。舌打ちし、恭介は、自分のはしゃぎすぎを悔いた。どんな料理を作っても、朔夜には味がわからないのに。

「そういえば、樋口のお父さんに病院で一度お会いしたよ。歯医者さんなんだってね。樋口は父親似だね」

「あー、背の高いとこだけね。あとは似ても似つかねーよ。おれ、あんなタラシづらじゃねーもん」

「そうかな。目もとと頬のこの辺りなんかそっくりだったけど。背が高くて、格好いい人だ」

「んんー？　それって、おれが格好いいってこと？」

歩きながら、屈むようにして顔を覗き込む恭介を、

「あれ、似てるのは背が高いところだけなんだろ？」

朔夜は笑ってはぐらかす。

「朔夜さんは母親似だろ。親父さんとは全然似てねーもんな」

「……………」

朔夜は肯定ともつかぬ、曖昧《あいまい》な笑みを浮かべただけだった。

そういえば、彼の口から母親の話が出たことはない。離婚したのか死別なのか、それも知らない。もともと自分のことを積極的に話したがるタイプでもないし、デリカシー皆無な恭介にしても朔夜にはどことなく踏み込めないようなところがあった。

だから今日、祖父の話をしてくれたことが、嬉しかった。小さなことだけれど、朔夜が自分に心を開いてくれているのが感じられて……嬉しかった。

朔夜のことをもっと知りたい。子供の頃のこと。将来のこと。もっともっと色んなことを。

でもさ、と恭介は手を頭の後ろで組んで、ニヤニヤと朔夜を見下ろした。

「あれはちょーっと意外だったたな」

「なにが？」

「先輩、サク坊って呼ばれてんだ？」

朔夜は白い紙にインクを落としたようにパーッと赤くなった。怒ったように早足でサカサカ歩き出す。反応がかわいくて、つい追い打ちをかけてしまう。

「サク坊ってマンボウみたいだよね。かっわいーの。ガキん頃からサク坊って呼ばれてんの？ねえねえねえ、ねーってば！」

「うるさいな。そうだよ。君だってママに恭ちゃんって呼ばれてるじゃないか。キョーちゃんだってきゅうりのキューちゃんみたいで充分かわいいぞ」

「おれもサク坊って呼ぼうかな。サ〜ク坊」

「やめなさい」

「サ〜クちゃ〜ん」

「よせったら」

尖らせた肩を、背中から抱きしめる。

「つーかまーえたーっ」

「重いよ」

笑いながら、迷惑そうに朔夜が肩をよじる。

じゃれあう猫のように、二人の額が、コツンとぶつかった。

「……………」

見つめ合ったまま、二人は街灯の下で立ち止まった。

こんな薄っぺらい光の下でも、朔夜の美しさは色褪《いろあ》せない。恭介は、なめらかなミルク色の頬を、年代物の磁器でも取り扱うように、両掌《りょうて》でそっとくるんだ。彼の不思議な色合いの瞳は、暗がりでは、深い藍色に見えた。

どうして、こんなに好きなんだろう。

ただきれいな顔がいいだけなら、美形は他にも掃いて捨てるほどいる。欲望を満たすのにどうしても男の肉体が必要なわけじゃない。——なのにどうして、動かしがたく、彼、なのだろう。なぜ、同じ男の体を、これほどまでに欲しいと思うのか。

無理強いにでも、抱いてしまいたい。力でねじ伏せて、深く受け入れさせ、思うさまこの白い膚に咬み傷を刻みたい。

けれどそれは、恭介が一番深く求めるものを——朔夜の心を、最も遠ざける行為に他ならないのだ。

いつまで待てばいい？　あんたがおれを欲しがるまでに、いったいどれくらいの時間が必要なんだ？　あとひと月？　半年？　一年？　もっとか？

恭介は強く、眉間に縦皺を刻んだ。

ちくしょう……。

こんなのってありかよ。おればっかり、あんたを欲しがってる。一日中、あんたのことが頭から離れなくて、寝ても醒めてもあんたのことばっかりで、こうやって見つめているだけで、切なさで呼吸が詰まりそうになって——

……わかってるさ。朔夜が薄情なわけじゃない。ただ、より多く好きになったほうが、より多く苦しむだけのことだ。

長く見つめられることに息苦しさを覚えたかのように、朔夜の長いまつ毛が、伏目がちに二度、瞬《しばた》いた。恭介はふと、その柔らかさを唇で確かめてみたくなった。

「……人が来るよ」

恭介の唇が毛先に触れる間際で、朔夜が、スッと顔をうつむけた。

「……うん」

温もりを惜しみながら、恭介は手を離した。人の気配はどこにもなく、ただどこかで犬がうるさく吠えている。

そのあとは、二人、黙って歩いた。商店街が途切れ、もう駅の看板の頭が見えている。恭介の足はだんだんとスピードが落ちていく。もう少しだけ一緒にいたい。駅までの路《みち》が永遠に続くといい。

ちくしょう、と思う。こんな少女小説的な気持ちを、そして自分にこんな気持ちを起こさせる朔夜を、ちくしょう、と彼は思う。

朔夜さん。こんな気持ちもあんたには、わからないんだろうな。

「ラピスラズリだとお勧めはこの辺りね。ひとつだけなら半額になるから四千三百円。予算内でしょ？」

「こっちは？」

「キャッチャーがプラチナなの。本店の商品だから物はいいわよ。高いけど」

「プラチナか……」

黒いベルベットに並べられていくピアスを矯《た》めつ眇《すが》めつ、ショーケースに頬杖をついて恭介はうーんと唸《うな》った。

まり子のバイト先、ジャンクジュエリーやシルバーをメインに扱う、十坪ほどの小さなショップだ。路面店の地下にあり、上は古着屋とオープンカフェになっている。

経営は老舗《しにせ》の高級宝石店で、ここは十代から二十代向けのアンテナショップとして今春オープンしたばかりだ。客も若いカップルや学生が多く、一人でふらっと入ってくる男性客は、まり子目当ての冷やかしがほとんどのようだった。恭介とのツーショットを見るなり、怯《ひる》んだようにすごすごと去っていく。

「あ。これ、かわいいな」

「ストラップ？」

「その右から二番めの……それそれ。朔夜さんに似てる」

「どこが……？」

横を向いてうんざりと呟いたまり子の後ろで、素通しのガラス戸から、ドライブ用のサングラスをかけたワンピースの若い女が、小さな男の子と手を繋《つな》いで入ってきた。

美容院で念入りにカールした栗色の髪が、シルクのカーディガンの肩で揺れる。エルメスのケリーにフェラガモのヒール。上品な若奥様スタイルは、カジュアルな店内で完全に浮いていた。

「おはようございます」

丁寧に会釈したまり子に、メゾソプラノがやや突っけんどんに尋ねる。

「主人は？」

「今日はまだお見えになってません」

「そう……じゃ、こっちへ来たら、家に電話をするように云ってちょうだい。携帯が繋がらないの」

そのまま出ていこうとした彼女は、恭介の姿を認め、ハッとしたように薄い茶のサングラスの奥の二重を見開いた。そしてすぐに商売用の華やかな笑みを浮かべてみせ、サングラスを外す。

「いらっしゃいませ。プレゼントをお探しかしら？」

「いいえ。ご自身のピアスを探してるそうなんですけど」

「ああ……お耳のそれ、ラピスラズリね。よくお似合いです」

妙子はショーケースの上に広げた品物を一瞥し、子供の手を放して恭介に近づいてきた。

「ピアスをお求めでしたら、こちらより本店のほうが品が揃っていますわ。すぐそこですから、よろしければご案内しましょうか？　きっと気に入るものが見つかると思いますわ」

恭介は苦々しく片頬で嗤った。

だから女ってのは怖い。昨日ベッドを共にしたばかりの不倫相手に、眉筋ひとつ動かしもしない。

「遠慮しときます。予算オーバーになりそうだ。まり子、やっぱそっちの安いのでいいや。あとこのストラップ。あ、ラッピングしてね。きれーにね」

「はいはい。ピアスはつけてく？」

「おう」

「じゃ、値札取るから」

「……お友だちなの？」

妙子の問いに、鋏《はさみ》でプライスカードを切り落としながら、はい、とだけまり子は応えた。

「七千八百七十五円になります。カード？」

「あー……んー……」

「入らないの？　貸して」

鏡に向かい、苦心してピアスホールを探っている恭介の頭を横向かせ、慣れた手つきでピアスを通す。

「サンキュ。やっぱこれが一番しっくりするな」

「うん。似合ってる」

「ママぁ……だっこ」

男の子が、妙子のスカートをひっぱってねだる。母親に抱き上げられると、小さな手を伸ばして、まり子が首にかけていたペンダントを摑んだ。革紐にキャッツアイを通したやつだ。ひっぱって口に入れようとするのを、まり子に、めっ、と叱《しか》られ、おずおずと手を引っ込める。

「いい子ね。キャンディあげようか？」

にっこり笑ったまり子に、拗ねかけていた男の子は、つられたようにニコッとした。意外なようだが、まり子は子供のあしらいが上手《うま》い。

「だめよ」

しかし、差し出したキャンディは、妙子に払われた。

「悪いけど、人工甘味料は与えないことにしてるの。虫歯になるから。――それじゃ、あと、よろしくね」

「はい」

子供を抱いて出ていく妙子を見送りながら、恭介はミルキーを口に放り込んだ。親指をしゃぶりながら、それを羨ましそうにじっと見つめている男の子の顔に、まり子の眼が、子供ってのはつまんないわね、と語りかけていた。


「中二んときの家庭教師だよ。教わってたのは二、三ヵ月くらいだな。三学期の終わりに突然やめて、それっきり音信不通。在学中に見合いして、玉の輿《こし》に乗ったたってのは噂に聞いてた」

アクセサリーショップの上階にあるオープンカフェ。

ウエイターは、店にやってきた目立つ二人連れを、通りに面した最上の席に案内した。美男美女はテラスに座らせて客寄せにするのが、こうした場所の常識だ。狙い通り、八割方空いていた席が、二人が座った途端すべて埋まってしまった。

七時を過ぎて、夏の宵《よい》の空はようやく暗くなろうとしている。今夜は風が快い。

「どーだか。勉強以外のことまでいろいろ教えて貰ってたんじゃないの？　中二っていった

ら、恭介、手当たりしだい食いまくってた頃じゃない」

アイスカフェオレをストローで混ぜながら、まり子が軽蔑《けいべつ》の混じった口調で恭介を嬲《なぶ》る。

「まさかオーナーの奥さままでお手つきだったとはね。路で後ろ向いて石投げると、あんたのオンナに当たるんじゃないの？」

「るせー。おまえこそ、月岡さんの紹介とか云っちゃって、ほんとは妙子の旦那とデキてたりして？」

「やめてよ」

恭介の軽口に、まり子は珍しくきつい反応を見せた。

「悪《わり》ィ。冗談だって」

「冗談でもやめて。既婚のオッサンになんか興味ないし、第一そんな公私混同、あの奥さんだけで充分よ。デートのたびに子守り押しつけられて、ほんっといい迷惑。外せない打ち合わせがあるとか言い訳してるけど、知らぬは亭主ばかりなり、ってやつ。あの子供だって、ほんとに旦那の子かどうか怪しいって……」

「………」

「……喋りすぎた」

まり子はストローを噛んだ。自己嫌悪が眉間に滲《にじ》む。

「今のは忘れて。なにかっていうとキツく当たられてて、ちょっとイラついてた」

「当たられるって？　なんで？」

「知らない。……あの夫婦、近いうちに離婚するんじゃないかな」

ストローの袋で毛虫を作っていた恭介は、まり子の呟きに視線を上げた。

「……なんで？」

「なんとなく。ただの勘」

「妙子の旦那、よそに女作って出てったたってマジなのか。店の女の子に手ェ出してたって」

「三年も音信不通だったわりには、事情通じゃない」

チラリと意味深な流し眼をよこす。

「オーナーの女性関係より、そっちのほうが興味あるわあ」

……ギク。

「こないだ病院に見舞いに来たんだよ」

「そう」

「人の心配より自分の旦那のことばっか愚痴っていきやがってさ。年末に車で事故って入院してから家に帰ってこなくなったとか、店の女の子に手ぇつけてるみたいだとか、自分はともかく子供にまで冷たいとか、んなこと聞いてねーっつーのに一人でペラペラ……」

「ふーん」

「……………」

「で？」

恭介はがばーっとテーブルに両手をついた。

「なにとぞ朔夜さんにはご内密にーっ！」

「すみませーん、オーダー追加。ミニオードブルの六品盛り合わせとコールドミネストローネ、サーモンのクリームパスタとグリーンサラダ、ドレッシング抜きで。食後にカプチーノとフレッシュチェリーのクラフティ。バニラアイスつけて下さい。そういえばグッチのミュール、新作出たのよねー」

財布の中身を数えながら、恭介はぶつぶつと呟いた。

「おまえ、さっさと男作って、手加減てもん教えてもらえ……」


神宮前《じんぐうまえ》にあるクリニックで、朔夜は週に二度、一時間の治療《セラピー》を受けている。

主治医は数年前アメリカから帰国して、クリニックを開いた杉浦歩《すぎうらあゆむ》という精神科医だ。多重人格に関する著書もあり、社会的な問題にもなった宗教団体の脱会者のメンタルケアにも携わった人物だと聞いた。朔夜は医師の著書を読んで、クリニックに通うようになったらしい。

ビルの長い階段を、朔夜は重い足取りでゆっくりと下りてくる。「ただ座って話をするだけ」と云うが、セラピーはかなり神経を消耗するらしく、治療のあと朔夜はいつもひどく疲れている。帰りに恭介の病室を見舞って、椅子に座ったまま眠り込んでしまったこともあった。

足取り重く階段を下りきると、一階のコンビニの角で立ち止まり、鞄から携帯電話を取り出す。留守録のメッセージを聞いているのだろう。携帯を耳に当てて、ちょっと照れ臭そうな、とろけるような表情で聞き入っている。

ったくもう。無防備な人だ。そーんなかわいい顔してると狼《おおかみ》に食べられちゃうぜ？　ほら、今すれ違ったリーマンなんか、わざわざ振り返ってあんたを見てる。

しかし他人の視線などまったく頓着《とんちゃく》せずに、携帯電話のキーを押す。ガードレールの陰にしゃがんでその様子をそっと窺っていた恭介の携帯が、二秒後、脳天気なメロディを周囲に鳴り響かせた。

「はいはーい。ラブリーチャーミーなあなたの樋口恭介でーす」

『……なんだ……。待っててくれなくてもよかったのに』

携帯の声と、生声と、二方向から同時に聞こえてきたのだろう。びっくりしたような顔で周囲を見回した朔夜は、喬木《きょうぼく》とガードレールの向こうから手を振る恭介に気づいて、言葉とは裏腹の、嬉しそうな笑顔になった。

「朔夜さんの顔見たくてさ。おれの留守録聴いてくれた？」

顔が見える位置に立っているのに、二人ともなんだか電話を切りがたくて、そのまま会話を続ける。

『うん。昨日はごちそうさま。……携帯、着メロ変えたの？』

「これは朔夜さん専用」

他からの着信はディープ・パープルの『Highway Star』。そして朔夜専用着メロは『はじめてのチュウ』だ。

「知らない？　キテレツのエンディングテーマ」

『……知らない』

きてれつ？　なんて、口の回らない子供みたいにくり返したりして。かわいい。

朔夜はなんでか、子供の頃に誰もが観ていたようなアニメや芸能人に関する知識がまるっきり欠落している。ドラえもんくらいはテレビで観たことあると主張するが、「あれは便利な道具で人間を堕落させるために送り込まれた悪のタヌキ型ロボットなんだよ」という恭介の冗談を丸のまま信じている。といった具合だ。そこがまた面白いんだけど。

「親父さん今日からまたしばらく留守なんだろ？　どっかでメシ食ってかない？」

「そうだね……十時から観たいテレビがあるから、それまでに帰れれば」

チラッと腕時計を確認する。ごついダイバーズウォッチ。雑貨屋の店先にイチキュッパで並んでいるような安物だ。

「いつものはどしたの？」

「ちょっと、メンテナンスに出してるんだ。古いものだから……」

朔夜が愛用している時計は、父親のそのまた父親から譲られたというアンティークのロレックスだ。

時計といえば、ホテルに置き忘れた恭介のブライトリングは行方不明のままだ。フロントに届けられていなかったところをみると、妙子が持って帰ったのだろう。面倒だが、近いうちに連絡をつけなければならない。

夏の夜空はようやく帳《とばり》を下ろして、通り沿いのレストランや、早々と店仕舞をしたブティックのショーウィンドーが、石畳に柔らかな明かりを投げかけている。

恭介は母親と何度か足を運んだことのある、イタリアの家庭料理の店をチョイスした。テーブルはほどほどに混《こ》んでいて、広くない店いっぱいに、オリーブオイルと大蒜《にんにく》の食欲をそそる匂いが立ちこめている。

うまいものを食べるのは大好きだ。朔夜とこの愉しみを共有できないのは残念だけれど、だからといって妙に気を遣うのはかえって彼の負担になることが最近わかってきた。むしろあちこち連れ出して食べさせないと、食にまるで興味のない朔夜は、固形の栄養補助食品やゼリー飲料ですませようとしてしまう。

顔見知りの店主が、二人に窓辺のいい席を空けてくれた。朔夜の右横に座ると、白いテーブルクロスの下で膝《ひざ》が触れ合う。朔夜がちょっと困ったように睨むのがかわいらしくて、わざと椅子を近づけてみたりして。

「さーて、なに食おっか。一皿ずついろいろ取ってシェアする？　おれのお勧めは自家製の生ハムと、白アスパラガスのパスタ。あ、うなぎの稚魚とか、朔夜さんへーき？」

「うなぎ？　イタリアでもうなぎを……ん？」

メニューから顔を上げた朔夜は、ふと眉をひそめて、恭介の横顔を見つめた。

「……その耳」

恭介はニヤッとして、親指でピアスを指した。

「似合う？」

「うん。とってもよく似合ってる。——とでも云うと思っているのか？」

恭介の耳朶を右手でギューーッとつねった。

「ひで、ひでで。ちっ、ちぎれるっ」

「まったく……。ピアスは校則違反だって、いったい卒業までにあと何回くり返せばいいんだろうな」

運ばれてきた真っ赤なオレンジジュースに口をつけながら、溜息をつく。やたらに目立つ二人のやりとりに、隣の席のＯＬたちが振り返ってくすくす笑っている。

「ピアスの穴ってもっと簡単に塞がるものだと思ってたよ」

「一週間程度じゃね。もう固まってるもん」

「それ、いつ開けたんだ？」

「一番古いのは十三のとき。それから毎年誕生日に一個ずつ」

「十三って、中学生じゃないか」

「そ。十三のときが玲子《れいこ》で十四歳のが真弓《まゆみ》、十五が真希《まき》、去年のがのりこ」

「……………」

朔夜は複雑そうに黙ってしまう。かすかにまつ毛が俯《うつむ》くのを見て、きゅん…と胸が締めつけられた。意地悪しすぎた。ヤキモチを妬《や》く朔夜なんてめったに見られるものじゃなくて、つい。調子に乗りすぎるのがおれの悪い癖だ。

「……ごめん」

軽く身を乗り出すように、メニューの上にのせられた朔夜の手を握った。

「もうやめるから。そういうの……」

「いや……やめることはないけど……。でも知らなかったよ。君がそんな少女趣味だなんて。ひょっとして、ネクタイとか鞄にも名前つけてるのか？」

「………いや……そういうことじゃなくてですね………」

指で眉間を揉む恭介。うーん…このボケ具合……。天然か故意か、イマイチわかんねーんだよな、この人。

あ。そうだ。

茶色と白でラッピングされた小さな箱をテーブルにのせる。ポケットでリボンがちょっと潰れてしまったが、ご愛嬌《あいきょう》だ。

「プレゼント。開けてみて」

「ぼくに？……でも誕生日でもないのに」

「いいじゃん。おれ好きな人にこういうプレゼントするの好きなんだ」

朔夜はじんわりと赤くなって、ラッピングを剝《む》いた。綿のなかにちんまり納まっているシルバーの携帯ストラップを摘《つま》み上げる。チェーンの先に小さなシルバーのマスコットがついている。

「かわいいっしょ？　一目見て気に入っちゃってさ。そっくりだよね」

「誰に？」

「朔夜さんに」

「……。……あの。樋口」

「なに？」

「これ……ぼくの間違いじゃなければ、よく薬局の前に立ってる緑色のカエルじゃ……？」

「そう。あのカエル」

にこにこと、恭介。複雑そうな顔でカエルを眺める朔夜。

「おれさあ、ガキの頃、あのカエルをこっそり連れて帰って自分の部屋にしばらく匿《かくま》ってたことあるんだよね。だってさ、あんっなかわいいカエルが、夏も冬も薬局の店先に突っ立ってんだぜ？　あんまりけなげでほっとけなくてさ……まあ後でお袋にバレてぶっ飛ばされたけど」

「へえ……。きみがお持ち帰りするのは女の子だけじゃなかったんだねえ」

恭介は水を喉に詰まらせそうになったが、朔夜は心底感心しただけらしく、鞄を開けて携帯電話を出すと、ストラップを括《くく》りつけた。ぶら下がったカエルの頭をちょんとつつく。

「ありがとう。……大切にするよ」

……あ。やべ。キスしたい。

恭介はテーブルの下で、彼の手をそっと握った。その熱っぽさに、朔夜の紫がかった黒目が狼狽《うろた》えたように揺れる。

「朔夜さん……」

「君。——捜《さが》したよ」

男の声が割り込んできたのは、そのときだった。

いつの間にか、一人の男がテーブルの前に立っていた。五十がらみ、理知的な細面。少なくとも労働階級の人間ではない。初夏にきっちり着込んだ高級なスーツと櫛目《くしめ》の通った髪型から、金と地位の匂いがぷんぷんしている。

恭介は朔夜を見た。朔夜はほとんど無表情だったが、頬からすうっと血の気が引いていくのが、はっきりとわかった。

「……知り合い？」

「……」

朔夜は恭介を見ずに椅子を引いた。

「出ましょう。お話は外で伺います」

「いや。手間は取らせないよ。忘れ物を届けに来ただけだ」

男にはかすかな関西なまりがあった。懐に手を差し入れ、ブランド物のハンカチを取り出す。

ハンカチに包まれていたのは、腕時計だった。そのとき初めて、朔夜に目に見えて動揺が走った。

男は朔夜の手首を取り、腕時計を手の平にのせた。アンティークのロレックス。

「バスルームにあったよ」

男の手を薙《な》ぎ払い、朔夜は店を飛び出した。吹っ飛んだ腕時計がテーブルの脚に当たり、床に跳ねた。店中はしんと静まり返った。

ガラス越し、朔夜の細い背中が人込みに紛れていく。それを見遣る男の唇に、満足そうな嗤笑《ししょう》が浮かぶのを、恭介は見た。

「……待てよ」

そのままゆっくりと踵《きびす》を返そうとした男の右腕を、ぐっとひねり上げた。悲鳴を上げかけた男を、凄《すご》みのある目つきで睨み据え、くいと顎をしゃくる。

「ちょっと顔貸してもらえますか」


幽鬼のような青白い顔を、朔夜は、細く開けた玄関ドアから覗かせた。

「……入れてくれるんだろ？」

ドア越しに覆い被さるように云うと、朔夜は無言でチェーンを外した。

家の中は明かりがついていなかった。リビングの大きな窓から、月光が差し込み、整頓された部屋を青白く照らしている。水槽の底のように、薄暗く、静かだ。

恭介は父親の不在を確かめ、玄関を施錠し、丁寧にチェーンをかけた。そんな恭介を、朔夜が窓辺から、昏《くら》い目で見つめていた。

リビングへ行き、ソファの背もたれに浅く腰かけ、煙草を咥える。空いた箱をぐしゃりと握りつぶし、部屋の隅のゴミ箱に投げる。

「……神戸の医者だってな」

うつむいていた朔夜の肩が、ピクンと竦《すく》んだ。

「一週間前、学会で上京した。その晩、滞在先のホテルのバーで、あんたから声をかけられた」

「……やめろ」

「あんたのリクエストで、五十万のスイートに御一泊。あそこで一番いい部屋だ。さぞ眺めがよかっただろ。都心の夜景眺めながら入った風呂の感想は？」

「やめろ！」

朔夜は絞るように叫んだ。寒気に耐えるように、右手でシャツの襟を固く握りしめる。

「……やめてくれ……」

「昨日、姪《めい》の結婚式でまた上京してきたんだってさ」

かまわず、恭介は言葉を被せた。

「会場は偶然にも同じホテルだ。ひょっとするとひょっとして、あの晩の少年に再会できるんじゃないかと期待したけど、フロントに預けておいた忘れ物のロレックスは未だに持ち主が現われていない。落胆するオヤジの前に、なな一んと、またしても現われたじゃないですか！　しかも今度は真っ昼間。制服姿でのご登場ときた」

「……………」

「ところが一週間前と打って変わって、今度はけんもほろろにシカトされちまった。まるで別人みたいにね。親切心で忘れ物を返してやろうと思っただけなのに、あんまり冷たくされたんで、街中でおれとイチャイチャしてるあんたを見かけて、カチンときてあんな意地悪しちゃったんだってさ」

恭介は煙草を揉み消した。

「時間を聞かれただけだって、もう云わないんですか」

「……………」

「なんで嘘ついたんです。知らないやつだって」

「……ぼくにとっては知らない人間だ」

「寝たんだ？」

「……知らない」

恭介はカッとなってテーブルを蹴飛ばした。

「なめたこと云ってんじゃねえ。知らねえわきゃねえだろ。最中のことは覚えてなくたって、ケツに突っ込まれて次の日なんも気がつかねーのか。体中にキスマーク残ってて、ヘンに思わねえわきゃねえだろうが」

「…………」

「昨日もやったのか。親父さんのお使いってのは嘘かよ。それとも、お使いはついでで、そっちがホントの目的か」

「ちがう！」

朔夜は叫ぶように否定した。苦しげに喉を押さえる手が震えていた。

「昨日は、本当に偶然だったんだ。……声をかけられるまで、知らなかった。わからなかった。知らないんだ。なにも覚えてないんだ。云っただろう。あいつが出てきている間は、ぼくには記憶が……ないんだ」

「信じられるかよ」

恭介は嗤笑を浮かべた。

「そんなこと信じられると思うか？　あんた、一度嘘をついてんだぜ。だましたんだぜ、おれを」

「……だましたわけじゃない」

「一週間前、あんたなんつった？　〝清く正しい交際をしよう〟〝深い関係を持つのはまだ早い〟――その晩だぜ。あんたが別の男と寝たのは」

「ちがう――」

「ホテルで男に声かけて」

「やめろ」

「かわいい口でしゃぶってやって――」

「やめろ！」

「股《また》おっぴらいて、咥え込んで――」

「やめろったら！」

「下の口で、別の男のザーメンを飲んだ」

「……やったのはぼくじゃないッ」

「けどあんたの体はひとつだろうがッ！」

恭介は唸るように恫喝《どうかつ》し、彼の肩を乱暴に摑んだ。朔夜はシャツの片袖をぎゅっと握りしめたまま、射貫くような恭介の視線に耐えた。

「……寝たんだ。あいつと」

「……………」

「おれとはできなくても、他の男にはやらせるんだ」

「ちがう……！」

「ちがわねえだろう！　いったいあんた、おれをなんだと思ってんだ？　〝君のことは好きだ。けど関係は持ちたくない〟――そんなふざけたこと、おれが本気で納得したとでも思ってんのか？　なんで納得したふりしたか、わかってんのか？　あんたが好きだからだ。大切だからだ。あんたの気持ちを尊重しようと思ったからだ。でなきゃとっくに――」

恭介はゆっくりと頭を擡《もた》げ、彼のシャツに手をかけた。その目的に気づいて、朔夜がハッと体をかわす。

二人はもつれ合いながらフローリングの床に転がった。

その上で、朔夜のシャツを引き裂いた。ミルク色の薄い胸板が、薄闇にあらわになる。

「……吸わせたのか。これ」

ばら色の乳首に噛みつく。朔夜は体を波打たせて呻《うめ》いた。

「吸わせたんだろ。こうやって吸ってもらったんだろッ」

「や、め……ううッ！」

朔夜は激痛に悲鳴を上げた。恭介の奥歯がちいさな突起を噛み切っていた。

恭介は荒い息をつきながら、鮮血で濡れた唇を手の甲でこすった。

「……目を開けろよ」

「……………」

「開けろ。おれを見ろよ」

もう一方の乳首をつまんでクッと力を込めると、また噛まれるのではないかという恐れから、朔夜は震える瞼《まぶた》を上げた。

真下から恭介を見上げる両眼が、怒りのあまり、徐々に深紅へと変化しはじめていた。その様を目の当たりにし、恭介はぞくっと身震いした。

赤い瞳――柘榴《ざくろ》のような赤！

「……どきなさい」

青ざめた面。痛みと怒りに、激しく胸を上下させながら、朔夜は命じた。美しい顔は、一《いっ》旦《たん》拒絶するとなれば、永久凍結の氷の楯と化す。

「いまのきみとは話はできない。帰ってくれ」

「……………」

恭介は奥歯を嚙みしばり、声をこらえた。さもなければ、汚い侮辱の言葉が迸《ほとばし》り出てしまいそうだった。

「……あんたが……」

震えながら、歯の間から、唸るように声を押し出す。固めた手の平に、強く爪が食い込む。

「あんたが苦しんでるのは知ってるさ。得体の知れないモノが自分の中に棲んでて、自分の意志じゃない行動を、なんだか知らないうちにしてる。しかもそのことをなんにも覚えてない。怖いだろうと思うよ。たまんねえと思うよ。んなことわかってるよ！　けどおれだってなんにも感じないわけじゃないんだ！」

拳《こぶし》をガツンと床に打ちつけた。荒く乱れた息遣いが、朔夜の頰に当たる。

「……たまんねえよっ……たまんねえんだよ。……おれの知らないところで、あんたが……」

「……………」

「……畜生っ……」

自分の上に覆い被さるように床に手をつき、怒りと興奮に荒々しく胸を喘がせている男の頬に、朔夜は、ためらいがちに手を伸ばした。

「……ごめん……」

やさしく前髪を梳《す》く手を、恭介は頭を振って拒む。

朔夜は手を下ろし、彼の硬張った肩をゆっくりとさすった。

「本当に、だますつもりはなかったんだ。ただ、君に知られたくなかった。……怖かったんだ。知られたら……もう……だめになってしまうんじゃないかって、思ったから……」

ハッ、と吐き捨てるように恭介は笑った。

「だめになるもなにも、おれたち初めからうまくいってないじゃねえか」

深紅から、もとの紫がかった黒に戻った瞳が、恭介の自虐的な笑みを映して揺れる。

「だってそうだろ？　好きなのは、一方的におれのほうでさ。セックスしたいのも、キスしたいのも、おれの方ばっかしでさ。こんなの、うまくいってるって云うかよ」

「……セックスをしなきゃいけないのか？」

朔夜は、痛みをこらえるように眉をひそめ、恭介のシャツの袖を握りしめた。

「そういう関係を持たなきゃ、好きだってことにならないのか。肉欲がすべてなのか」

「そうじゃねえよ。そうじゃねえけどっ……好きなら心も体も欲しくなるだろっ？　そういうもんじゃねえのかよっ……！」

「あ……！」

傷つけた胸の突起にしゃぶりつき、欲望を誇示するように、グリッと腰を押しつけた。朔夜はうッ…と息を詰め、背中をしならせる。

「……驚いたね」

太腿を押し返す固い感触に、恭介は、ゆっくりと唇に笑みを刻んだ。

羞恥《しゅうち》で燃えるような色に染まった耳に口を近づけ、囁《ささや》く。

「あんたって、乱暴にされたほうが燃えるタチなんだ……？」

「ちがう……！」

「ちがわねえだろ。スカしてんじゃねえよ」

もがく頭を、片手で床に押さえつけ、ズボンの中に手を差し入れる。

「ほら……もう濡れてんじゃねえか」

「……あ！」

兆した欲望を、くるみ込み、さすり上げた。

巧みに追い上げられ、朔夜はわななく唇を噛みしめる。床に押しつけられた美貌がきつく歪《ゆが》む。恭介の手が尻を押し広げた瞬間、それは脅えへと変わった。

「や……めろッ！」

「つッ！」

目の際を、爪がかすめた。思わず顔を離した。

血が滲んでいた。朔夜がハッとして、手を伸ばしてくる。

「ごめ——」

恭介はその手を払いのけた。

ゆらりと立ち上がる。傷のヒリつきを親指の腹で拭《ぬぐ》いながら、口もとにひき攣《つ》った笑いが浮かぶのを感じた。

「……よくわかったよ」

笑い出しそうだった。茶番だ。くだらない。時間の浪費だ。

「つまり、あんたの好きと、おれの好きは違うんだ」

「樋口……」

恭介はズボンのポケットからロレックスをつかみ出し、彼の前に投げ落とした。

水底のように澱《よど》んだ暗闇の静寂を、車のクラクションが鋭く切り裂く。

「……おれもう、疲れちゃったよ」

投げ出すように云った。

「別れようぜ」

口に出してみると、それはさして重大なことでもないように思えた。ずっとこの決断を告げる機会を待っていたような気さえするのだった。

5

「たかが十日の無断欠席、恭介《きょうすけ》にはいつものこと。取り立てて騒ぐほどじゃないと思いますけど」

美しい黒髪を湿った強い風に躍らせて、麻生《あそう》まり子は、長い指でフェンスをカシャンと握った。

屋上は昼休みの喧噪《けんそう》から隔絶され、時折どこからか甲高い笑い声が風に乗って届けられる。フェンス越しに、流れの速い雲影が校庭を横切っていくのが見えた。

「だからってこのままほったらかしておくわけにいかないだろう？　ただでさえ、あの怪我《けが》で半月以上も休学してる。このままずるずると欠席が続くようだと、進級に支障が出るかもしれない」

曇天の切れ間からふいに現われた太陽が彼女の真っ白なシャツに照りつけ、照り返しの眩《まぶ》しさに、朔夜《さくや》は目を細めた。

「学期末考査も近いし、先生方もとても心配してらっしゃるんだけれど、何度電話しても出ないし、家にもしばらく人気《ひとけ》がないそうなんだ。それで、麻生くんならなにか知っているんじゃないかと思って……」

「家が留守なのは、里美《さとみ》ママ……おばさまが仕事でイタリアへ行っているせいです」

「それは先生から伺った。会社に滞在先へ連絡を取ってもらったら、仕事中にそれくらいのことでいちいち電話をかけてよこすなって叩《たた》き切られてしまったらしい」

里美が云《い》いそうなことだ。まり子はくすっと嗤《わら》った。

「だから云ったでしょ。日常茶飯事なんです。中学時代から、女のところにシケ込んで一ヵ月家に帰らないことなんて珍しくもなかった。最近真面目《まじめ》に学生やってたから、みんな忘れちゃってるだけで」

「……連絡取れないかな」

「取ってどうするんですか？」

「どうって……」

「恭介はテキトーでチャラい男だけどバカじゃない。これ以上休んだらどうなるかくらいわかってるはずです。義務教育じゃないんだから、周囲がとやかく云う必要ないと思いますけど」

「………」

「もういいですか？　次の授業、教室移動があるので」

「君は心配じゃないの？」

つっけんどんな敬語で背中を向けかけたまり子は、穏やかな朔夜の声に、足を止めた。

「自分が好感を持たれていないことは自覚してるよ。だからって、ぼくに対する君の個人的な感情を、樋口《ひぐち》くんを更生させることの妨げにすべきじゃないと思うよ」

「更生ってなんですか？　真面目に登校させて、女遊びとも縁を切らせること？」

吹き上げる風に舞う長い黒髪を片手で押さえながら振り返ったまり子は、逆光に佇《た》つ朔夜の美貌《びぼう》を、その声と同じ冷ややかな眼差《まなざ》しで見つめ返した。

「少なくとも、きちんと登校はすべきだと思うよ。学生なんだから」

「女遊びはいいんですか。どうせ今だって女のところでしょ」

朔夜は曖昧《あいまい》な表情でまり子を見つめている。朔夜の瞳《ひとみ》が、陽《ひ》に透けるとガラス細工のような淡い紫色になることに、まり子は初めて気づいた。

きれいな男だ。ユニセックスな美貌は怜悧《れいり》な印象が先立ち、美少年という語彙《ごい》から連想されがちな柔《やわ》さは欠片《かけら》も感じられない。

限られたタイプの少年が、ある一時期だけ持ちえる、しなやかな肉体。その透明感。まるで美術品かなにかのようにきれい――恭介やあのストーカー男が夢中になるわけもわからなくはない。

（あの美貌も尋常じゃないが、彼の背後関係というのは、どうやらそれ以上のようだね）

例の事件のあと。病院に恭介を見舞った帰りの車内だ。弁護士の月岡《つきおか》が、ふいにそんなことを口にしたのは。

（背後関係？　どういう意味？）

（まり子は、これだけの事件が、マスコミでまったく報道されていないのは変だと思わないかい？）

（うちの理事会が手を回したんじゃなかったの？　そう聞いたけど。事件のことは校内でもごく一部の先生しか知らないし……）

（いくら東斗《とうと》理事会でも、そこまでの権力と金はないよ。それにぼくは、この厳重すぎる箝《かん》口令《こうれい》は、学園の名誉のためというより、草薙《くさなぎ》朔夜を守ろうとしたという気がしてならないんだ。同性愛者にストーキングされた挙句、後輩を巻き込んで重傷を負わせた……なんてことが知れ渡ったら、朔夜くんは学校に居づらくなってしまう。ただでさえ恭介くんは有名人だからね）

（じゃあ、誰かが草薙朔夜のために動いたってこと……？）

（それも、一学園の理事会なんてケチなものじゃない、もっとずうっと大物――マスコミ、警察機関、病院関係者、東斗学園理事会までいっぺんに抱き込むことのできる権力と金を持つ誰か、がね。少し調べてみるつもりだ。いったい何者がバックについているのか、彼にはちょっと興味をそそられるね……）

でも、たとえどんなにヤバイ大物がバックについていたにしたって――まり子は、目の前の美貌からゆっくりと目を背けた。どうせ恭介には馬の耳に念仏だろうけど。

「……心配は、してないわけじゃありません。一応、あれでも大事な幼馴染《おさななじ》みだし」

軽く頭をふり、頬にまとわりつく髪を振りほどく。

「でも一番の心配は、恭介が先輩とつき合ってることです。……確かに、先輩のことは好きじゃない。だってあんな厄介事《やっかいごと》に巻き込んで大怪我させた相手、好きになれっていうのが無理でしょう？　もちろん二人のことに口出しする権利はないですけど」

「……心配には及ばないよ」

朔夜はアルカイックスマイルのまま、苛立《いらだ》つほど穏やかに云った。

「ぼくの彼に対する関心は、風紀委員長としての責任感と義務の域を出ない」

「恭介が聞いたら泣いちゃいますね、その台詞《せりふ》」

まり子は踵《きびす》を返した。鐘の音が午後の始業を告げている。

「もし、樋口の居場所がわかったら、知らせてもらえないだろうか。ぼくでなくてもいい。クラス担任か、宮田《みやた》先生にでも」

「お断りします。友人を売るのはポリシーに反するので」

もう朔夜は引き止めなかった。

ウエストミンスター風の鐘が鳴りやむと、校内はすっかり静まり返った。

授業中の教師の声が響く校内をゆっくりと出て、屋根つきの渡り廊下を、赤煉瓦《あかれんが》の建物へと渡る。昼休みには調べ物や暇潰《ひまつぶ》しの学生で賑《にぎ》わう図書館も、いまは深海の底のような静寂に満ち、カーテンが巻き取られた天窓から、整列した飴色《あめいろ》の机と岩棚のような書架の上に、流れの速い雲に時折遮られながら陽光が降り注いでいる。

どこかの扉が半端に開いたままらしく、パタンパタンと音を立てていた。湿った風と、うっすら黴《かび》の匂い。

ギシギシと軋《きし》む階段を上り、二階の書庫の扉を開けると、羽箒《はねぼうき》で仏文学のコーナーを掃除していた眼鏡の美人司書、芥川《あくたがわ》が、おや、と振り返った。

「君のクラスは自習かい？」

「いえ……」

戸口に立ったまま、朔夜はバツの悪そうな微苦笑を浮かべた。

「授業に出る気分じゃなくて。お邪魔してもよろしいですか？」

「どうぞどうぞ」

芥川はニコニコと云う。この呑気《のんき》さ、リベラルさが人気の彼だ。

「スーパー優等生の君がサボタージュとは珍しいね。足音が聞こえたから、てっきり樋口くんが昼寝に来たんだと思ったよ」

「……」

「そういえば彼、ここんとこ顔を見せなくて寂しいなあ。あのデカイのがいないとどうも殺風景で」

洋書の背表紙を物色しながら、朔夜はくすくす笑う。

「そんなこと。生徒にサボリを勧めるのかって、宮田先生にまた叱られますよ」

「そうだった。ぼくはあの人には弱いんだ」

ペロリと舌を出す。勤続三十年の宮田は、この司書の恩師でもあるのだ。

階下で、どこかの扉がバターンと大きな音を立てて閉まった。

「おー、嫌だね、こういう風の強い日は。どうも一雨来そうな雲行きだし……」

「天気予報では午後から雨だそうですよ」

「やれやれだ。あ、そうそう、職員室でおいしい大福を分けてもらったんだよ。一緒に食べよう。後で下りておいで」

さらに次々と扉の閉まる音に、司書は急ぎ足で階段を下りていく。洋書をパラパラとめくっていた朔夜は、本を閉じ、埃《ほこり》の溜《た》まった床の上にゆっくりと視線を落とした。そしてしばらくの間、なにもない空間を暗い双眸《そうぼう》でじっと見つめていた。

とうとう窓ガラスを雨粒が叩きはじめた。裏手の雑木林の梢《こずえ》が風にしなっている。梅雨《つゆ》入りの雨だった。

カタカタと揺れる窓辺に本を置き、朔夜は埃だらけの床板に膝《ひざ》をついて、あるはずのない温《ぬく》もりを確かめるような仕種でその上を撫《な》でた。そして、そっと体を横たえ、瞼《まぶた》を閉じた。

——まるで、そこにはいない誰かにそっと寄り添うかのように。

6

雨の音で目が醒《さ》めた。

すると、女の太腿《ふともも》の上だった。

（……どこだ、ここ……？）

いきなりの覚醒《かくせい》に、まだ体の感覚と記憶は半分眠ったままだ。暗闇《くらやみ》で目覚めた子供のように、恭介は、落ち着きなくきょろきょろと目玉を動かした。

煤《すす》けた蛍光灯。うっすらと紫煙にけぶる細長い小部屋は、煙草と何種類もの香水の混じった匂いと、雨音がしている。脂《やに》で黄色くなった壁際にスチールロッカーとちいさな洗面台、冷蔵庫――。

恭介が横たわっているソファは中央にあり、左手に通用口、右手には臙脂色《えんじいろ》の天鵞絨《ビロード》のカーテンドレープが天井からぶら下がっていて、その向こうには複数の人間の気配と、ピアノの音色。

「もう少し横になっていたほうがいいわ」

すべすべした太腿を恭介の頭に貸していた若い女が、やさしく髪を撫でながら、しっとりとした声で囁《ささや》いた。

茶のベロアに黄色い薔薇《ばら》模様を織ったスリップドレスを着ていて、大きくはないが形のよさそうな乳房が恭介の鼻先にあった。

「……何時？」

「もうすぐ九時よ。夜の」

外巻にカールした長い亜麻色の髪が、ぬけるように白い肩からサラサラとこぼれ落ちてくる。――麗奈《れいな》だ。恭介はようやくこの女の名を思い出し、ぼんやりと瞬《まばた》きした。口の中が妙に粘つくのは、酒を飲みすぎたせいだろう。頭痛がする。なぜか顔までズキズキする。

「あー、恭介起きたー」

「タオル絞ってきたよォ」

「あーあ、やっぱり腫《は》れちゃったね」

カーテンから、ケバめの化粧にミニスカートの三人が賑やかに入ってきて、順ぐりに恭介の顔を覗《のぞ》き込んだ。菜々子《ななこ》、まりな、百合江《ゆりえ》。だんだんと恭介の頭もクリアになってくる。

この四人が揃ってるってことは、ここは〝MOON〟の更衣室だ。どうやら昨夜はここに泊まったらしい……が、なんでこんなに顔が痛《いて》ぇんだ？

「覚えてないのー？」

三人娘はあきれたように顔を見合わせた。

「夕方、すーっごい酔っぱらって、お店の前で殴り合いの喧嘩したんじゃん。すんごい大騒ぎだったんだから。やじ馬集まっちゃって、パトカー来る寸前」

「暴れるだけ暴れたら路のド真ん中でイビキかいて寝ちゃうんだもん。みんなでここまで運ぶの大変だったんだよ」

「わりィ……いちッ」

「ごめんなさい。……痛む？」

恭介の頬《ほお》を、濡《ぬ》れタオルでそっと押さえてくれながら、麗奈は心配そうに首を傾《かし》げた。どこぞの深窓の令嬢といっても通りそうな、品のいい顔立ち。

「痣《あざ》にならないといいけど……喉渇いたでしょう。お水を持ってきましょうか？」

「うん……」

「なーに甘えた声出してるんだ。水くらい自分で汲《く》んどいで」

臙脂色のカーテンを両手でバサリと分けて、今度は、背の高い女が一人、入ってきた。灰色のチョークストライプのパンツスーツ。居丈高《いたけだか》に両腕を組み、ハレムよろしく美女たちをはべらせている男子高校生をジロリと見下ろす。ただでさえ大柄なのに十センチのピンヒールを愛用しているので、身長は一八〇を超えている。

「そのガキを甘やかしたらつけ上がるだけだと教えたろ、麗奈。やさしくしてやったって一文の得にもなりゃしないぞ」

「そんな……美月《みつき》ママ。恭介くんとはお金のつき合いじゃないし……それに、怪我してるのに、放っておけないわ」

「なにが怪我だ。そんなモン唾《つば》つけときゃ治る」

高級クラブ〝MOON〟のママ、美月は、憎々しげに眉を吊《つ》り上げた。

「まったく、高校生の分際で、昼間っから大酒かっくらって往来で喧嘩沙汰《ざた》とはいい御身分だよ。ほらほら、あんたたちも、そんなのに構ってないでさっさと店に戻らないと給料さっぴくよ。この不景気に高い金払ってお茶挽《ひ》かせとくような余裕はないんだからね」

「はあーい」

「しゃーねえ、ひと稼ぎすっかあー」

「恭ちゃん、お店引けたら菜々子とお鮨《すし》食べに行こうね」

「おれ金ねーよ」

「だーいじょーぶ。任せて」

菜々子はチュッと恭介の額にキスし、腕まくりした。

「さっ、ハゲオヤジから軍資金むしり取るぞーっ!」

「……その歳《とし》で銀座のホステスに貢がせるとは立派なもんだ。おまえ、ホストでも食っていけるよ」

四人のホステスたちを店に送り出して、美月は、呆れ顔で恭介の横に腰かけた。もう若くはないが、日本人離れした彫りの深い顔立ちと、くっきりとアイラインを引いたエジプト猫のような目が、はっとするほど美しい。艶《つや》やかな長い黒髪は、今日は片側に纏《まと》めて大きなカールにしていた。

「ずっと家に帰ってないってね？」

美月は深紅の唇にジタンを挟んだ。手入れの行き届いた長い爪《つめ》は、唇と同じ色だ。スーツの懐からマッチを取り出して火をつける仕種が映画女優のようで、恭介はしばし見とれる。

「里美から電話があったよ。学校からパリの出張先に連絡が入ったらしい。伝言だ。〝夏物のスーツ、クリーニングから取ってきてね〟」

「返信。〝了解。土産忘れんな〟……あの人いまパリにいるのか」

「知らなかったのか？……困った親子だねぇ。旦那と別れてから、里美の放任主義にも磨きがかかっちまって……」

美月は眉《まゆ》をひそめて、煙を吐き出す。

この美しい母親の親友とは、もう十六年——恭介が里美の胎内にいたときから数えるなら、かれこれ十七年のつき合いになる。小さいながらも夜の銀座に自分の店を構え、繁盛させていた。美月のおかげで恭介はまだ中学生のうちから銀座を覚え、ホステスたちを相手に女心の機微を学んだのだ。

いまでも、人恋しくて懐も寂しいとき、恭介は必ず〝ＭＯＯＮ〟に足を運ぶ。

「おまえは息子も同然だ。うちでいくら飲み食いしたってかまわないけどね、今日みたいな騒ぎを起こすようなら今後は出入り差し止めだよ。警察沙汰なんか起こしたら、里美に合わす顔がない」

美月は煙草を咥《くわ》えたまま、隅のちいさな古い冷蔵庫を開け、ウーロン茶の缶を放ってよこした。

「それ飲んだら今日は家に帰りな。学校にもずっと行ってないんだろう？」

「……」

「どうしちまったの。ここんとこしばらく真面目にやってて、あたしもホッとしてたんだよ？うるさいことは云いたくないけどね、あんたがサボッてる間も里美の口座からはバカッ高い授業料が引き落とされてるんだ。そのへん、よく考えなさい。もう子供じゃないんだから」

「わあってるよ」

頭上の蠅《はえ》でも追い払うように邪険に云い、片手で缶のプルタブを開ける。二日酔いの臓腑に、冷えたウーロン茶が染み渡った。

十日……だ。もう十日。まだ十日。二百四十時間。――最後にあの人の顔を見てから。

あれから家には帰っていない。学校も無断欠席を続けている。夜が明けてから眠りにつき、陽が落ちるころ起きて、その日のねぐらを探しに盛り場をうろつく、怠惰な生活。

ほんの半年前まで、これが恭介の日常だった。

重役出勤の常習犯、酒とセックスが好物で、頭脳と携帯電話のメモリーは常に女の名前がびっしりと埋め、クラブで知り合った女とその日のうちに海外旅行、帰りの飛行機は別の女……なんて、ザラな話で。

戻っただけだ。本来の生活に。なのに、ひとつも楽しくない。セックスはかったるいし、女はうざったい。酒はちっともうまくない。

（……そりゃそうだよな）

夜ごと違う女のベッドを渡り歩く。好きでもない女に突っ込んで射精する。……そんなもの、本当の恋を知ってしまったいまじゃ、ワインの後の水道水よりも味気ない。どんな女もあの人の代わりなんか埋められやしない。

痛む片頬に、恭介はかすかな自嘲《じちょう》を滲《にじ》ませた。

そうだよ。女々しい男だよ、おれは。自分から三下り半叩きつけたくせに、考えるのはあの人のことばっかりだ。今頃なにをしてるか。ちょっとは自分のことを気にかけてくれているか。そんなことばっかり考えて悶々《もんもん》としてる。

忘れよう、もう考えまいと思っても、気がつくといつの間にかあの人のことで頭がいっぱいになっちまってる。会いたくてたまらない。一目でいい、顔が見たい。思い切り抱きしめたい。キスしたい――

朔夜さん……。

好きだ。好きだ好きだ好きだ。忘れられるわけがない。こんなに好きなのに。体の細胞の一個一個が、あの人を欲しがって啼《な》いているのに。

だけど、朔夜は引き止めなかった。別れようと云ったときも、恭介が一人ドアの外へ出たときも。ただ、美しい黒紫の瞳をゆっくりと瞬いて、わかった……と一言、呟《つぶや》いただけ。ただそれだけ。

結局、おれは一人で踊ってたわけだ。あの人はおれのことなんか好きじゃなかった。いつも曖昧な態度の朔夜、常にどこかに抱えてた疑いが、あれではっきりと形になった。——あの人は、おれのことなんかなんとも思っちゃいない。

それならそうと、下手な言い訳なんか並べずに、はっきりそう云ってくれれば、こんな後味の悪い結果にはならなかった。過分な期待なんかしなかった。

……バカだよな、おれも。

恭介は、顔を覆った左手の中に、自嘲まじりの深い溜息《ためいき》を吐き出した。

それでも、あの人のことが好きなんて。

なんとも思われてないってわかっていても、好きなんだ。どうしようもないんだ。そしてそのせいで彼を許すことができない。彼の嘘も、裏切りも、あれは朔夜が好きでしたことじゃない、別の人格のしわざだってわかっているのに、朔夜がそのことで死ぬほど苦しんでるってことも、わかってるのに。許せないんだ。

自分でもどうしようもないんだ。この胸の中——どす黒い、ドロドロしたもの。嫉妬《しっと》。

……そうだよ。結局おれは妬《や》いてるだけだ。彼に愛されていない、そのことよりも、彼が自分以外の男と寝たことが……苦しい。

恭介は飲み干したアルミ缶をぐしゃりと片手で潰し、顔を上げた。

「……煙草くれよ。一本吸ったら、出てくからさ」

美月がジタンを差し出す。臭いフランス煙草。けど煙が出りゃなんだってよかった。マッチで火をつけてもらう。

「また家に帰らないつもり？」

「里美さんが帰ってきたらおれも帰るよ」

「おやまあ。まだママのおっぱいがないと眠れないのか？　そういや、あんた小学校に上がるまで、寝るときおしゃぶり咥えてたっけ」

「おっぱいはいまでもしゃぶってっけどさ」

恭介は眉間《みけん》に皺《しわ》を寄せて、まずい煙草をふかした。

「……自分で真っ暗な家の電気つけるの、嫌なんだよ」

「………」

美月は鼻からフーッと煙を吐くと、壁際のロッカーのひとつを開けた。そこからひっぱり出したものを、恭介の頭にバサリと被《かぶ》せる。バーテンダー用の白いシャツ。

「泊めてやるから、光熱費と水道代くらい自分で稼ぎな。ちょうどバーテンが一人休んでるんだ。さっさと顔洗って髭《ひげ》を当たっておいで」

「……美月さんの部屋、男子禁制だろ？　いいの？」

「なーにナマぬかしやがる。やっと毛が生え揃ったばっかりのガキが」

笑いながら煙草を消した美月は、ふっと、寂しそうに長いまつ毛を瞬《しばたた》かせた。

「あたしも真っ暗な部屋に一人で帰るのは嫌いだよ……真冬の寒い時分なんか、誰でもいいから結婚したくなっちまうことがあるよ」

「へえ……美月さんでも？」

「そう意外そうな顔するな。あたしだって女だよ」

オカマだろ、という突っ込みは、保身のためにやめておいた。美月は心優しい銀座の女だ。……たとえ全身改造に二千万かけていようと。

「美月ママぁ」

仕切りのカーテンから、菜々子が、童顔の丸顔をひょいと突き出した。

「恭ちゃんにお客さまなんだけど、こっちに通していーい？」

「客……？」

恭介は訝《いぶか》った。誰だ？　まり子なら遠慮なくそこの裏口から入ってくるし、菜々子も「お客さま」なんて云うはずはない。だが、こんな所まで押しかけてくるような物好き、他に

「……」

恭介はガバッと立ち上がると、驚くような勢いでバサリとカーテンを開いた。

だが、菜々子の背後に白いワンピースの若い女が立っているのが目に入ったとたん、急激にその表情は冷えた。

ほんっとばかだよな、おれは。あの人が来るわきゃない。なに期待してんだ……。

「なんか用か」

丸首のタイトなワンピースに、水色のシフォンのスカーフをふわりと巻いた妙子《たえこ》は、自分が歓迎されていないことを恭介のその表情から敏感に察知して、ぎこちない作り笑いを浮かべた。

「ごめんなさい……急に。お宅に伺ったんだけどずっとお留守みたいだから。携帯も出ないし……」

「……」

「恭介、この間忘れ物したでしょう？　郵送しようかと思ったんだけど、高価なものだし、直接渡したくて。そしたら知り合いに、夕方この辺であなたを見かけたって聞いて……」

「ちょっと恭介。入って頂きなさいよ。そんなところで立ち話はないだろ」

美月は、どうぞ、と妙子を笑顔で室内へ促し、興味津々の顔で立っている菜々子をせき立てて店に戻っていった。店ではピアノの生演奏をバックに、麗奈と客のデュエットがはじまっている。

居心地悪そうに煙草臭いロッカールームに入ってきた妙子は、明るい蛍光灯の下で恭介の顔を見ると、目を丸くした。

「どうしたの、その顔」

驚いたように頬に触れようとする手を邪険に払う。

「忘れ物って?」

妙子はハンドバッグの中から腕時計を取り出した。ブライトリングのクロノ。やはり妙子が持っていた。

恭介は数日ぶりにそれを手首に嵌《は》め、壁際のロッカーへ行き、そのひとつからタオルと使い捨て歯ブラシを出した。どれも従業員用に常備されているものだ。

洗面台に立つと、鏡の中で妙子と目が合った。

「まだなんか用か?」

「……冷たいのね」

そのつっけんどんな云い方に、女はふて腐れた。

「女が一人でこういうお店に入るのって、勇気いるのよ。わざわざ持って来てあげたのに、お礼もなし?」

「ありがとサンキューグラッツェスパシーボ謝々《シェイシェイ》」

「……機嫌悪いのね」

恭介は黙って煙草を洗面台に押しつけて消し、顔を洗いはじめた。

どうして女って人種は、云わずもがなのことをいちいち確認したがるんだろう。機嫌悪いのね、とか、あたしのこと好き？　とか。答えがわかっていることばかり訊《き》きたがる。そのくせ、もしその答えが自分の望むものでなければ、急にプンとむくれて手がつけられない。それが女ってものだとわかっているつもりだが、時々無性に面倒臭い。この世から女なんかいなくなりゃいいと思うことさえある。今もそういう気分だったので、恭介は彼女の存在を黙殺した。

念入りに歯を磨き、髭を当たる間も、妙子はそうしてずっと恭介の背中を見つめていた。

バシャバシャと水を跳ねさせながら顔を洗っていると、妙子が唐突に呟いた。

「……誰を待ってるの」

「あァ？」

藪《やぶ》から棒になんだ、と手首で目を拭《ぬぐ》って鏡を見ると、妙子は唇を尖《とが》らせて、スカーフの端をいじっている。

「女の人？」

「なにが」

「女の人を待ってるんでしょ？」

「待ってねえよ」

「そうかしら」

女が苛立っている理由がわからず、恭介も次第に苛立ってくる。

「待ってねえっつってんだろ」

「うそ。だって恭介、さっきあたしの顔見て〝なんだ〟って顔したわ。ほんとは誰か他の人が来たと思ったんでしょ？　その人じゃなかったからガッカリしたんでしょ」

「……………」

「ほら、やっぱり図星なんじゃない。どんな子？　歳上？　いつからつき合ってるの？　わたしより美人？　ねえ。まさかオカマじゃないんでしょ？」

「……うざってぇ女だな！」

恭介は脱いだTシャツをバシッと鏡に叩きつけた。

「あァそーだよ、ガッカリしたよ！　もっと美人でかわいい子が来てくれたと思ったからな！　自分より美人かだ？　てめェのツラによくンな自信持てるな。自分がこの世で一番きれいだとでも思ってんのか？　そういうのをな、井の中の蛙《かわず》っつーんだよっ！」

妙子は真っ青になって、震えながら大きく目を見開いた。その目にぶわっと涙が盛り上がり、ぼろぼろっと頬にこぼれる。マズッた、と思った瞬間、顔めがけてバッグが飛んできた。

「待てよ」

カーテンから飛び出していこうとする肩を両手で捕まえる。振り向いた妙子は涙で顔をぐしゃぐしゃにしながら恭介の裸の胸を叩いた。

「はなしてよ！　なによ、恭介のバカ！　意地悪！」

「ごめん。悪かった。二日酔いでイラついてたんだ」

「知らない！　恭介はわたしが嫌いなのよ。うざったくて自惚れてる女だって思ってるんでしょっ」

「んなわけないだろ、バカだな。ほら……そんなに泣くなよ。マスカラはげちゃうぜ」

しゃくり上げる背中を撫でてなだめながら、こんなヒステリックでガキっぽい女だったっけ、と呆《あき》れかけたが、考えてみれば彼女とのつき合いなんて、中学時代のほんの二、三ヵ月。それも週二回、体だけの関係で、あの頃は顔がよくてやらせてくれれば性格なんか気にしたこともなかった。遊び慣れた大人の女に見えたのは、自分がガキだったから……か。

「さわらないでよ……」

ようやく落ち着いてきた妙子を、ソファに座らせ、目頭を拭ってやると、頤を震わせながら首を振る。恭介は彼女の前にひざまずくと、両手でそのちいさな頭を挟み、涙のあとにそっとくちづけた。

熱心に何度もくり返されるキスに、やがて妙子も、唇に触れることを許す。啄《ついば》むようなキス。次第にしゃっくりも治まってきて、やれやれ……と恭介が安堵《あんど》したそのとき、左手にある通用口が控えめにノックされ、ドアが開いた。

強い風がサーッと室内の空気を冷やす。遅刻したホステスが入ってきたのだと思い、妙子を抱いたまま何気なく顔を上げた恭介は、洗面台の鏡が映したものに、驚きのあまり目を瞠《みは》った。

それは、横殴りの雨の中、頭からずぶ濡れになって佇《たたず》んでいる、朔夜の姿だった。

7

吹きつける風雨に全身ぐっしょりと濡れそぼち、制服の白いシャツが、細い体にぺったりと貼りついていた。傘の代わりに頭にのせた学生鞄《かばん》からも、顎《あご》からも、黒髪の先からも、雨の雫《しずく》がぽたぽたと滴り落ちる。

「……会えてよかった」

忽然《こつぜん》と闇の中に咲いた、白い花のような美貌に声もない恭介に、朔夜は、溶け込むような淡い微笑をよこした。

「ずいぶん捜《さが》したよ。学校にも出てこないし、家にも何日も戻ってないようだから、心配で……。風紀の一年生が、夕方そこの通りで君が大立ち回りやってたって教えてくれてね。この辺りに運び込まれたっていうから、通り沿いの店、シラミ潰しに回って」

「………」

「……取り込み中なら、後にしようか」

「………」

「恭介、タオルを……」

まだ茫然《ぼうぜん》としている恭介の肩を、妙子がそっと揺すぶる。恭介はハッとして立ち上がり、タオルで彼の濡れた体を包み込むと、ポケッとしたバカ面を曝《さら》したことの照れ隠し半分、怒ったようにドアを閉めた。

長い時間雨に曝されていたのだろう。ミルク色の膚《はだ》がやけに青白い。

「よくよくびしょ濡れになるのが好きな人だな。傘も持ってねえのかよ」

仔猫《こねこ》の遺骸《いがい》を抱いて恭介の家へやってきたときも、朔夜はやっぱり傘も差さずにびしょ濡れになっていた。

「今朝の天気予報では降水確率二十%だったから、家に置いてきた」

「ならコンビニで買えよ」

これだけ頭のいい人が、どうしてそういうことには頭が回らないのかと、恭介は半ば苛立つような、切ないような気分になりながら、新しいタオルを出してやった。髪を拭う朔夜の、シャツの下から乳首がくっきりと透けていて、ドキッとする。

朔夜の体温、髪の匂いに、体中の血液が沸き立つようだ。自分がどれほど彼を欲していたか、改めて思い知る――なめらかなテノールを聴くだけで、全身が甘く痺《しび》れる。胸が震える。

「……怪我したのか？」

顔の青痣に、朔夜が眉をひそめた。

「なんでもねえよ。で？　なんの用」

ワイシャツに袖《そで》を通しながら、わざとつっけんどんな口をきいた。でないと顔がみっともなくニヤけてしまいそうで。——嬉しくて。

こんな雨の中を捜し回ってくれた。こんなにびしょ濡れになってまで、おれに会いに来てくれた……。

朔夜は、鞄からノートサイズのクリアファイルを取り出した。

「宮田先生に頼まれたんだ。一昨日《おととい》発表になった期末考査の日程」

「……」

差し出されたプリントを、恭介は、どこか唖然《あぜん》としたような眼で見下ろした。

「お宅にも一応ファックスしておいたけど、どうせ見ていないんじゃないかと思って。……わかってると思うけど、欠席日数は今日でもう四十日を越えてる。もしこのテストを放棄すれば、自動的に留年が確定してしまうから、そのつもりで。君のことだから、きっとぬかりなく単位の計算をしているだろうけど」

「……そんなことのためにわざわざ来たのか？」

声が、喉仏に引っかかる。

「そんなことって……大事なことだろう。宮田先生もずいぶん心配してらしたよ。ちゃんと授業に出てきたほうがいい。君だって留年は嫌だろう？」

「大きなお世話だ。ほっとけよ」

「ほっとけるわけないだろう」

美しい眉間が縦皺を刻む。

「ぼくには風紀委員としての義務と責任がある。授業をサボってこういう不健全な場所へ出入りしているのを見逃すわけにいかない。他の生徒への影響もあるし……君のすることを真似たがる下級生が少なくないんだ」

「……」

義務。――その言葉が、冷えた鉛のように、鳩尾《みぞおち》にめり込んだ。

風紀委員としての義務。――ただの義務。

大雨の中を捜し回ったのも、心配したのも、ただの……義務。

ハ…と、嗤いがこぼれた。へしゃげたような声だった。

「……確かにあんたの真似したがるやつは少ねえだろうな。ねえ？　ホテルで男引っかけまくってる不健全な風紀委員長さま」

もう片袖に腕を通しながら、偶然当たったような仕種《しぐさ》でプリントをピシッと払った。濡れた床に舞い落ちる。

「……」

朔夜は、怒った様子も、傷ついた顔も、見せなかった。黙ってプリントを拾い上げ、濡れた部分をタオルで拭った。

「じゃあ、わたし帰るわ」

妙子が、険悪なムードに耐えかねたように立ち上がり、さっき恭介に投げつけたバッグを拾う。

「まだいいだろ」

「でも、お友だちが……」

「話なんかねえよ」

背中から腕を回し、バストを鷲掴《わしづか》む。布の上から転がすように乳首を探ってやると、妙子はアッ、と声を上げ、体をよじった。水色のスカーフがはらりと落ちる。

「やめてよ、恭介、こんなところで！」

「妙子、乳首勃ってるだろ」

「いやっ」

タイトスカートを膝で尻までずり上げ、下着の中まで手を突っ込んできた恭介に、妙子は怒って爪を立ててくる。だが、予想外に彼女は濡れていた。

「……音がしそうだぜ？」

「バカバカっ、やめてったら……あ」

真っ赤に染まったうなじに、低く笑いながらキスを降らせる。そして、卑猥《ひわい》な指使いを続けながら、いかにも、いままで忘れてましたというような、まだいたのかとでもいうような、凍るように冷たい眼で、朔夜を見やった。

「いつまでそこに突っ立ってんの？　ただの淫乱《いんらん》かと思ったら、あんた、覗きの趣味もあったのか」

「……………」

しかし、そんな侮辱にすら、朔夜はなにも云い返さなかった。テーブルの上にきちんと畳んだタオルとプリントを並べると、入ってきたときと同じように、静かにドアから出ていった。にわかに強まった雨が、彼の白いシャツを叩きつけるのが一瞬、見えた。

嵌め込みの磨《す》りガラスからも彼の姿が消えると、恭介は女を突き放した。

「恭介……？」

よろめいた妙子がソファに頽《くずお》れる。恭介はテーブルのプリントを鷲掴み、ぐしゃぐしゃに丸めてドアに投げつけた。

「出てけ」

「え……」

「出てけってんだよッ！」

叩きつけた拳《こぶし》がガシャン！　とドアの磨りガラスを割った。妙子が悲鳴を上げた。欠片が肉に食い込み、血が流れたが、痛みは感じなかった。

恵比寿《えびす》の美月のマンションにまり子から電話が入ったのは、翌日の朝――世間的にはすっかり昼間の時刻だった。

「怪我したぁ……？」

店を閉めてから菜々子たちと鮨を食いに行き、べろべろに酔っぱらって引き揚げたのが明け方の四時。布団に入ったのは五時過ぎだ。イビキをかいて眠り込んでいる家主の代わりに、寝ぼけ眼の恭介が受話器を取った。

『美月ママは？』

「横でイビキかいてっけど」

『じゃあ恭介、お願い。右脚の靭帯《じんたい》が切れてるんだって。しばらく入院することになりそうだから、着替えと保険証うちから取ってきてほしいんだけど、管理人さんには話しておくから』

「あー……、わーった……。……でぇ？　なんで怪我したんだよ」

『落ちたの。昨夜、公園の階段から』

今にも上と下の瞼がくっつきそうになっていた恭介の目を、まり子の次の一言が完全に醒ませた。

『正確には、落ちたんじゃなくて、突き落とされたんだけど』

まり子が運ばれたのは、奇しくも先日まで恭介が入院していた都内の総合病院だった。

慌てて病室に駆けつけると、まり子は、お仕着せのパジャマを着てベッドで右脚を吊られていた。泥だらけで雨に濡れたのに風呂にも入れず化粧もろくに落とせず、おまけにトイレにまで看護師がついてこようとする、と不機嫌で、恭介が到着するや否や、自力で着替えて洗顔し、ようやく人心地ついた様子だ。

「途中で時間を確認したから、ちょうど十時十五分頃ね」

見舞いに差し入れたメロンをスプーンで平らげながら、まり子は昨夜の行動を振り返った。

「たまたま店卸《たなおろ》しで遅くなって、外に出たら凄《すご》い土砂降りだったから、近道しようと思って近くの公園を突っ切ったのよ。そしたら噴水広場のところの階段の上から、いきなり背中をドンッ」

「犯人は？　どんなやつだった？」

「見てない。けど、たぶん女。逃げてく靴音がハイヒールだった。警察にも話したけど、あの土砂降りだし、目撃者も期待できないんじゃないかな」

「心当たりは？」

「あるわけないでしょ、恭介じゃあるまいし。そっちこそ、ちょっと見ない間に賑やかになったじゃない」

右頰に青痣、左手に包帯ぐるぐる巻きの恭介をからかう。ガラスに突っ込んだ手は六針縫うはめになり、美月にしこたま絞られた。

「喧嘩？　奥さん寝取られた旦那《だんな》に闇討ちにあったとか？」

「ばーか、そんな下手踏むか。美月さんも後で顔出すってさ。なにか要るものあるか？　あ、そうだ、なにか差し入れ作ってきてやるよ。ここの病院食、食えたもんじゃないだろ」

「なに云ってんのよ。そんな怪我してるくせに」

「これくらい屁でもねーっての」

恭介は立ち上がって、メロンを切ったナイフを流しに片づけた。水道のカランを捻《ひね》る。

「そういえば、草薙朔夜があんたの居場所聞きに来たけど」

「ああ。美月さんの店に来た。わざわざプリント届けに」

「……そう」

水道の水が包帯にかかった。恭介はぼんやりと排水溝に吸い込まれていく水を見つめた。

……顔色ひとつ、変えなかった。

無表情に……むしろ穏やかとさえいえるような顔で、おれと妙子を見ていた。

たいがいバカだよな、おれも。どろどろした欲望も嫉妬も、いわゆる愛情ってやつ全部、あの人はおれに持ってないって、とっくにわかってたはずなのに。別れるなんて云わないでくれ、あのときは勢いで「わかった」なんて云ってしまったけれど、やっぱり君が好きなんだ、——そんな台詞を期待してた。

だけど、あの目。

妙子とおれを見る、嫉妬も憤りもなにもない、ガラス玉のように無感情な目。

思い知らされた。彼は本当にもう、おれに対してなんの感情も持っていないのだ。——彼の云う、義務と責任ってやつ以外には。

「なあ」

「んー?」

「あの人と別れたよ」

まり子はしばらく沈黙したあと、べつにこれといった感情も込めず、そう、と呟いた。恭介は夕食に手製の弁当を差し入れることを約束し、病室を辞した。

「おーい、美月さーん。いつまで寝てるつもりなんだよ。もう三時だぜ、美容院行って店に出る時間だろ!」

エプロン姿の恭介に布団を剝《は》がれ、美月は枕を顔にのせベッドの上を転げ回った。

「う〜ん……あと五分……」

「さっきからそればっかじゃねーか。さっさと起きてメシ食っちまってよ。ったく、片づかねーったら」

枕まで取り上げられ、ぐずっていた美月もいよいよ観念して、這《は》いずるようにベッドを下りた。

恭介も寝起きはいいほうじゃないが、美月に比べたらずいぶんマシだ。壁にもたれて眠ろうとするのを洗面所に追い立てて、その間にスープを温め直し、紅茶の用意をする。

「ふぁ〜あ。やれやれ……トシを取ると朝が早いっていうの、あれは嘘だね。年々起きるのがつらくなるもの」

スケスケの紫色のネグリジェの上に薄手のガウンを羽織ったなりでダイニングテーブルに着き、眠たげに新聞を広げる。経済紙、スポーツ紙合わせて四紙、欠かさず毎日たっぷり一時間かけてチェックする。世界情勢から芸能ゴシップまで精通していなければ、銀座で一流を張ることはできないのだ。

「ミルクは?」

「いらない。砂糖ひとつ」

今朝のメニューは、オレンジの皮で風味をつけたオムレツにコンソメスープ。野菜とシーフードをゴマペーストで和《あ》えたサラダ。それにこんがり焼いた薄切りトーストとチーズをつける。

「……んまい」

美月は新聞を読みながらオムレツを一口食べ、目を輝かせた。

「いい出来だ。腕を上げたね。料理のできる男は価値が高いよ」

「晩めしは和食だぜ。そろそろ鰆《さわら》が出てるから塩焼にして、雲丹《うに》の茶碗《ちゃわん》蒸し。それに美月さんの好きなけんちん汁」

「うーん、いいねえ、若い男がうまいもの作って待っててくれるってのは。里美が羨《うらや》ましいよ」

「そういや、あの売れねえカメラマンはどーしたんだよ。沖縄《おきなわ》から出てきたとかっていう」

「オーストラリアに写真撮りに行っちまったよ。どうしてるんだか、葉書一枚よこしたっきりさ」

「どうせその旅費も美月さんが出してやったんだろ？　ほんっと人が好《よ》すぎだぜ。こないだも画家だかなんだか、売れそーにない絵に百万も出してよ」

「いいんだよ。男の夢に投資するんだ。百万くらい安いもんさ。男ってのはね、いつだって、志は高く、眼差しは夢を追って空の彼方《かなた》へ向いていなきゃ。そういう男のささやかな手助けをするのがあたしの愉《たの》しみなのさ」

「若い男に貢ぐのが好きなだけじゃ……いでっ」

「これ、まり子に持ってってやりなよ。病院の貧しいエサじゃ気の毒だ」

テーブルの下で恭介の臑《すね》を蹴飛《けと》ばし、オムレツをトーストにのせてかぶりつく。

「なに云ってんだよ。美月さんが寝こけてる間に、とっくに昼めし届けてきたよ。夕めしも着替え届けるついでに持ってく。そうだ、おじさんに連絡ついた？」

「ああ。ロスに出張中だそうだ。昨夜連絡がついてね。仕事を早めに切り上げて戻ると云ってた」

「そっか……よかった。で、まり子、おじさんとこに戻るって？」

美月は首を振った。

まり子は母親が亡くなってから父親との折合いが悪く、再婚した家族とは離れてマンションで一人暮らししている。継母《ままはは》にも女の子の連れ子がいて、もう中学生くらいになったはずだ。

「退院したらまり子はしばらくここで預かるよ。当分は松葉杖《まつばづえ》の生活だし、一人じゃ心細いだろうから」

「よかった。まり子もここなら気兼ねしなくていいもんな。おれも様子見に来るよ」

けど……と、恭介は浮かない顔でコーヒーを啜《すす》った。

「ほんとはこの機会に少しはおじさんと仲直りできたらって思ってたんだけどな……。まあ、あいつの気持ちもわかるけどさ。まさかおじさんがあんな早く再婚するなんて、びっくりしたもんな。おれから見ても仲の良い夫婦だったから……まり子はもっとショックだったろうし。あいつ、意外と繊細なとこあるから」

「おまえだって繊細だったよ。里美のときは」

繊細かどうかはともかく、似たような経験は恭介にもある。

両親が離婚して一年ほどたった頃だ。深夜、里美が知らない男に送られて帰宅し、門の前でキスを交わしているのを目撃してしまったことがある。自分の母親が、外では一人の女性だったことを初めて気付かされ、ショックで父親のところに家出してヤケ酒をくらった。恭介十二歳、初めての二日酔い。

いまじゃ出張の荷物から男物の靴下が片方出てこようが、レストランで鉢合わせしようが動じないが、それも、あのとき父親が受け止めてくれたからだと思う。——だがまり子には、その受け皿がない。あの容貌にああいう性格だから、心を許せる女友達なんかいない。せめて自分や美月が支えになってやれればと思うが、恭介の前ですら崩れるのをよしとしない女だ。

「……まり子を父親のところに戻すのは難しいだろうね」

「なんだよ、美月さんらしくねえな。おれのときは、親父に会いに行けってケツ蹴っとばしたくせに」

「おまえの親父は夫としては失格だったが、家族のことは愛していた。里美とも憎み合って別れたわけじゃない。おまえだって、父親のことは嫌いじゃないだろ」

「だから思うんだよ。まり子だって実の親子なんだからさ」

「血が繋《つな》がってるからって、心まで繋がるとは限らないんだよ」

美月は、沈んだ、物憂げな眼差しで、かき混ぜた紅茶の渦を見つめる。恭介は溜息をついた。

「……うん。けどつい、おばさんが生きてた頃のことを思い出しちゃってさ……まり子、すっげえファザコンだったろ？　おじさんが単身赴任であんまり帰ってこなかったせいもあるんだろうけど。幼稚園の頃なんか、大きくなったらパパと結婚するーって毎日云っててさ。親子は結婚できないって誰かに云われて、ショックで泣きながらうちに家出してきたりしてさ。……でも、そうだよな……だからこそ簡単には受け入れられないよな。おれでさえびっくりしたんだし。新しい家族ったって、まり子には他人だもんな……」

「そうじゃないんだよ」

「え？」

「そんな単純なことじゃないんだよ。まり子が父親とうまくいかないのはね……」

そのとき、玄関のインターホンがのどかなチャイムを鳴らした。美月は時計を見て、残りのトーストを口に押し込む。

「新聞の集金だ。金はそこの抽斗《ひきだし》に入ってるから」

「美月さん」

「話は後にしよう。遅刻しちまう」

トーストを紅茶で流し込むと、さっさと席を立ってしまう。しかたなく、恭介は云いつけられた通り、棚の抽斗からがま口を取り出した。美月が後と云ったら、てこでも後なのだ。

——そんな単純なことじゃないんだよ。

なんだ？　なにかおれの知らない事情でもあるっていうのか？　まり子とは生まれる前からのつき合いだ。ずっと隣同士で、幼稚園も小学校も一緒。あいつのことならどんな些細《ささい》なことも、それこそ、お互いの初恋の相手から、この間のテストの点数まで知っている。この世で一番信頼できる相手だから朔夜のことを相談できた。なのに……。

そんな考え事に気を取られて、ぼんやりしていたのだ。

相手も確かめずオートロックを解除するなんて間抜けな真似、いつもなら考えられない。裸足《はだし》のまま三和土《たたき》に下り、預かった財布を持って玄関を開けた恭介は、己れの失態に大いに舌打ちした。

「待ってくれ、樋口！」

自分の姿を見るなり、すぐさま閉じようとしたドアの隙間に、朔夜はとっさに腕をねじ込んできた。

「痛ッ！」

「ばっ……」

慌てて扉を開ける。と、挟まれたはずの朔夜の手が、恭介の袖をぎゅっと握ってきた。やられた。思わず二度、自分の間抜けぶりを呪《のろ》った。

朔夜は制服姿のままで、この間と同じように鞄を提げていた。シャツの袖を握りしめたまま、俯《うつむ》きがちに云う。

「突然、押しかけてごめん……この間のお店に行ったら、女の人が、こちらにお世話になってるって教えてくれて……」

「……」

菜々子かまりなだな。よけいなことしやがって。

「なんの用。またプリント？　風紀委員も大変だよな、ご苦労さん」

「……君が学校へ出てこないのは、ぼくが原因か？」

図星を指されて素直にイエスと云える人間は少ない。恭介もそうだった。

「あんたもたいがい自惚《うぬぼ》れが強いよな」

冷たく手を振りほどく。

「もともと行きたくて行ってたわけじゃねえよ。幼等部からエスカレーターで、なんとなくここまできちまっただけ。去年のおれの出席日数知ってんだろ？」

「でもきちんと単位を計算してたはずだ。なのに今回は……」

「だからなんだっての。云っとくけど、あんたが日参したっておれは自分のペース変える気はないぜ。留年しようが退学になろうがおれの勝手だ。あんたに指図される謂《いわ》れはないね」

「……」

「帰れよ。迷惑なんだよ。いちいちよけいな口出ししてくんな。親でも恋人でもねえのに」

ぎゅっと唇を結んだ朔夜の、傷ついたような眼差しに、恭介の胸は疼《うず》き、また同時に、激しく波立った。

なんだよ。おれを拒んだのはそっちじゃないか。やっと諦《あきら》めたんだ。踏ん切りをつけようとしてるんだ。なのにどうしてそうやって、おれの心ん中をぐちゃぐちゃにかき混ぜるような真似をするんだ。

冷酷な人だよ、あんたは。自覚がないなら尚《なお》のことだ。

「もしも……」

喉に絡んだ声。

伏せられていたまつ毛がすっと動いて、紫がかった独特の黒瞳が、思い詰めたように恭介を見つめた。

「君が……どうしてもぼくと顔を合わせるのが嫌で、それで登校しないのなら……二度とそうしないようにしてもいい」

「ああ?」

「退学してもいい」

「……ば……」

喉が詰まった。

「なに、ばか云ってんだよ……」

「ぼくはいいんだ。もともと、高校へ行くことなんて考えてなかったし、だからかまわない。それで君の気がすむのなら……」

「ざっけんな！　そんな脅しに乗ると思ってんのか。いい加減にしろよ！」

「恭介。なに玄関先でわめいてんだ。近所迷惑だよ」

光沢のあるラベンダー色のシャツに着替えた美月が、胸もとのボタンを留めながら、奥から出てきた。

玄関に佇む美貌を目にするなり、さしもの美月も度肝を抜かれた様子で、あら…と絶句する。愛用のラ・ニュイの香りが強くなった。

その朔夜は、シャツからこぼれんばかりの白い胸の谷間に、ひどく狼狽《うろた》えて視線をさまよわせている。いつもの彼らしくなく挨拶をするのも忘れ、ミルク色の耳朶《みみたぶ》に血を上らせるのを見て、恭介はカーッとなってその背中を外へ押しやった。

「帰れよ。もう来んな」

「恭介。お友達にそんな言い方ないだろう。上がってお茶くらい飲んでいってもらいなさいよ。せっかく来てくれたんじゃないか」

「勝手に押しかけてきたんだ。誰も来てくれなんて頼んでねえよ」

「恭介」

長い指が、いきなり顎下《あごした》を摑んで、クイと捻《ひね》った。片方の眉をハリウッド女優みたいに高高と持ち上げ、恭介の目を斜《はす》かいに覗き込む。口もとはにっこりしていたが、家主に逆らうな、とその目は厳しく云っていた。

かりそめにも居候の身としては、命令に従うしかない。渋々客用のスリッパを出し、むっつりと押し黙ったままリビングのドアを開く。朔夜はおじゃまします、と小さく呟いて、静かに脱いだ靴を揃《そろ》えた。

美月が、後ろから恭介のシャツをひっぱった。

「あの子、こないだおまえのどてっ腹に穴をあけた子だね」

里美から聞いたよ。とこっそり耳打ちする。〝MOON〟のホステスといい母親といい、おれの周りは喋《しゃべ》りたがりばっかりか。

「ちっがぁって。あれはっ……」

「どっちでもいいよ。えらいきれいな子じゃないか」

「……だからなんだよ」

「ベッドサイドの抽斗だよ」

「はあ?」

「男の子相手でもセーフセックスは心がけるんだよ。――どこの穴使うか、ちゃんとわかってるんだろうね?」

「さっさと仕事行けっ!」

ったく……。閉まるドアを見送り、頭を掻《か》きながら振り返ると、朔夜がリビングの戸口に立ったまま、じっとこっちを見ていた。

恭介はわざと目を合わせないようにして、その横をすり抜けた。

仕切りのない広い部屋を、リビングとダイニングが共有している。ダイニングテーブルには朝食の皿がのったままだ。

所在なげに突っ立っている朔夜に椅子を勧めることもせず、恭介はそれを黙々とキッチンに片づけ、湯を沸かし直し、キャビネットから客用のティーセットを用意し、苛々と煙草を咥えた。声をかける隙も、会話を挟む暇もない、というように、一度も朔夜の顔を見ずに。

なにも話したくなかった。話しかけられたくなかった。

なにが退学だ――なにがお友達だ――なにがお茶だ――恭介は朔夜を部屋に上げたことを今更ながら悔い、美月のおせっかいを呪い、この場所を教えたホステスに苛立ち、それでも朔夜の訪問に浮き足立っている自分に憤った。めちゃくちゃだ。だけど自分で自分の感情をコントロールできない。

ちくしょう……。だから会いたくなかったんだ。この人の顔を見ると、理性もプライドもぐしゃぐしゃになっちまう。

一人分の紅茶を木製のトレーに載せて運ぶ間にも、朔夜は背を向けたまま突っ立っていた。ガシャンと音を立ててテーブルにトレーを置く。

「……座れば」

「……」

朔夜の片手が、閃《ひらめ》くように動いた。

ソファの背に引っかかっていたなにかの端を、ゆっくりとつまみ上げる。——裏返ったシルクのストッキング。

顔をしかめた。美月の悪い癖だ。どこにでもぽんぽん脱ぎ散らかす。

「よこせよ」

ひったくろうとした恭介の手をすり抜けて、ストッキングはトレーの上にはらりと落下した。爪先《つまさき》が淹《い》れたての紅茶に浸る。

「ちょっ…！　あぁぁー…」

「……」

「どーすんだよ、一足三千円っ……あーあーあー」

「ああいうのが趣味か」

「あァ？　なにがっ」

「ああいうでかくて固そうなのが、おまえの好みなのか、樋口恭介……？」

ツ……と。

後ろから、煙草を取り上げられた。

「このおれと、どっちがそそる……？」

恭介は硬直した。重ねたスプーンのように、背中にぴったりと寄り添うしなやかな肢体──ひんやりとした両手が、胸板から臍《へそ》の辺りを、ゆっくりとまさぐってくる。

そして耳殻を、熱い舌でゆっくりと舐《な》め上げられたその瞬間、恭介の第六感を、覚えのある戦慄《せんりつ》が駆け抜けた。濡れた手でうなじを撫でられたみたいに、ゾーッと産毛が逆立った。

「………」

恭介は、螺子《ねじ》の切れかけたゼンマイ人形のように、ぎこちなく、背後を振り返った。

そこにいるのは、朔夜ではなかった──朔夜であり、朔夜ではなかった。

「……お……まえ……」

「そんなつれない呼び方をするなよ。……おれとおまえの仲だろ？」

喫《す》いさしの煙草を咥え、薄く嗤う──その瞳。そのとろりとした紅《あか》い柘榴《ざくろ》の瞳！

「まさかおれを忘れてはいないよな？　まさか……な。お互い、あんなにたっぷり愉しんだ

んだ……そうだろう？」

サクヤはそっと恭介の片腕を背中に回させた。

目が、離せなかった。

その澄んだ紅い瞳から——美しく、邪悪な、なまめいた生きものに変貌した朔夜から。両手首をストッキングで固く縛られ、フロアラグの上に押し倒されて尚、恭介は魅入られたように彼の紅い瞳を見つめていた。

床に手をついて恭介の上にのしかかったサクヤは、シャツのボタンをひとつずつゆっくりと外し、厚い胸板に人差し指でツ…と円を描きながら、股間《こかん》に太腿をゆっくりと擦《す》りつけてきた。快感に恭介が呻《うめ》くと、唇の両端をゆっくりと吊り上げる。男を惹《ひ》き込まずにおかぬ、ゾクッとするような官能の笑みだった。

ジュッと、紅茶に突っ込まれた煙草が音を立てた。嫌な臭いが広がった。

「会いたかったぜ、樋口恭介。おまえの濃くて甘いザーメン、またたっぷり飲ませてくれるだろ……？」

熱い吐息が、伸び上がるように近づいてきて、唇を覆った。

頭の中で警鐘が鳴っていた。けれどサクヤの口の中は想像以上に熱く——まるで猛毒を注ぎ込まれたかのように、そのとろけるような舌遣いに、恭介の理性は急激に腐食してゆくのだった。

「おれに会うのは二度めだったな。もっともおれのほうは、朔夜を通して年中おまえを見ているが」

まるで熟練の娼婦《しょうふ》の手管だった。五本の指で絶えず男を刺激しながら、熱い唇と舌で全身の性感帯をくまなく愛撫《あいぶ》する。耳朶を咬《か》まれ、乳首を捏《こ》ね回され、濡れた熱い舌で臍を舐め回され——足の指の一本一本にまで施される濃厚な愛撫に、のしかかられた恭介は、ただ喘《あえ》ぐしかなかった。ペニスはビンビンに反応しっぱなしで、射精の瞬間しか頭にない。

「おれは朔夜のダーティ担当でね……朔夜が欲情しないと、こうして出てこられない」

「で、出るって……」

ううっ、で、出そうっ……。

たまらずに腰を突き上げる恭介に、朔夜——いや、〝サクヤ〟は、

「まだだ」

妖《あや》しく嗤い、指で射精を塞《せ》き止めてしまう。痛みと、それを上回る快感とに、恭介は奥歯を噛《か》みしばり、薄目を開いた。

燃えるような紅い瞳が恭介を見つめていた。

エンブレム入りの半袖シャツを身に着けたまま、下だけ裸になった卑猥な姿で、恭介の太腿を跨《また》いでいる。白い靴下は片足脱げ、性器がシャツの裾《すそ》を持ち上げている。うっすらと汗ばんだ額。薄く開いた口もとに、黒髪が一筋はりついている。官能を吸って桜色に上気した貌《かお》が、ゾッとするほど美しい。

朔夜ではない、朔夜——その、矛盾した、淫靡《いんび》な存在。官能の化身。戦慄と、それを上回る、彼を引き裂き、犯したいという狂暴な欲求が、恭介を引き裂いていた。

「ああ……」

サクヤは、恭介と自分の性器をぬるっとこすり合わせ、甘い声を迸《ほとばし》らせた。

彼の性器の熱さと、初めて知る快感とに、思わず声が漏れた。全身を突っ張らせ、サクヤに合わせて腰を揺する。サクヤは恍惚《こうこつ》として、濡れた唇を、ピンク色の舌でちろりと舐めた。

「あいつは……おれがこうして表に出ている間の記憶はないけど……おれはすべて知ってる。あ……いつの考え…行動……おまえのこと…も……。おまえ……が、朔夜に何度キスをしたか……も……あ、あっ！　あァ！」

ぐッと胸をのけぞらせ、サクヤは恭介の上で出した。しぶいた精液が顔にまで飛んでくる。そして次に恭介を満足させた。竿《さお》と双玉を巧みに扱《しご》かれ、恭介は呻きながら、たっぷりと噴き上げた。

「美味《うま》い……」

サクヤは満足そうに濡れた指をぴちゃりと舐め、大の字になって喘ぐ恭介の唇に唇を重ねてきた。

しっとりと甘い唇――求められるまま舌を吸い返す。まだ呼吸が整わず、二人とも獣のような荒い息のまま、床の上を転がり、互いの唾液《だえき》を啜り合う。

「……キスが上手だ」

恭介の胸の下、床に頬をつけ、軽く息を乱したまま、子供を褒めるようにサクヤが呟く。

「このキスならあいつがメロメロになったのもわかる……」

「なに……？」

「しただろう？……図書館で。退院してきた日の朝……」

汗ばんだ瑞々《みずみず》しいミルク色の膚を舐め回しながら、その朝をぼんやりと回想する。メロメロどころか、あのとき朔夜は平然と「予鈴だ」……と恭介を突き放した。不感症じゃないかと疑いたくなるようなそっけなさで。ノッてたのは恭介だけだ。

「不感症？」

再び体を入れ替え、恭介の逞《たくま》しい腰を跨いだサクヤは、嘲《あざけ》るように笑い声を上げた。

「朔夜が欲情しないとでも思ってるのか？　ベッドの中で、おまえのキスを思い出して体を火照らせる夜がないとでも？」

太腿の内側を撫でる手が、肝心な部分を飛ばしていく。触れてほしくて、恭介は女のように腰をくねらせる。

「あるのさ、欲情は。それも人一倍。あいつはおまえとやりたくてしかたないんだ。おまえの……」

グッ、とペニスを摑む。

「ウウッ」

「……こいつで尻を犯してほしいと願ってる」

「う……くっ……」

「でもあいつはそれを認めたくない。心の底には、男にうんと辱められたいって願望を持ってるくせに、そういう自分をぜったい認めないんだ。だから、穢《けが》らわしい欲望は、みんなおれに押しつける。性欲だけじゃない。憎しみも、嫉妬も……おれに押しつけることで現実から逃避する。おれは、あいつのマイナスの感情を処理するために存在してるんだ。あいつの心が、どろどろした汚いものでいっぱいになって溢《あふ》れたときだけ、こうしてステージに出てこられるってわけさ……」

「サク…ヤ……っ」

恭介は激しく髪を振りたくった。こめかみの血管が膨れ上がり、目の前が真っ赤に染まる。サクヤはようやく手を緩めて、指の動きを老練な愛撫に変えた。限界だった。その指遣いに、恭介の理性はトーストの上のバターのようにとろとろに溶けた。

「お喋りはここまでだ。愉しもうぜ……」

焦《じ》らすようにゆっくりと、手首の戒めをほどかれる。恭介は獣のような声を上げて彼の体を下敷き、思いつく限りの卑猥なポーズを取らせて犯した。

何度となくまぐわい、互いの汗と精液にどろどろにまみれ、やがて二人は気を失うように、汚泥のような眠りに引きずり込まれていった。


翌夕、差し入れの風呂敷包みを提げてまり子の病室を訪《おとな》うと、ダイビング仲間の弁護士、月岡の姿があった。相変わらずのどかな丸顔に眼鏡、ふくよかな腹だ。

だがいつもにこにこ笑みを絶やさない彼も、今日ばかりはやや表情を曇らせていた。

「恭介くんが退院したと思ったら、今度はまり子だろう。連絡を貰《もら》ったときは肝を潰したよ」

「ごめんなさい、心配かけて。でもほんとにたいしたことなかったでしょ？」

「なに云ってるんだ、大怪我じゃないか。しかも通り魔に遭ったなんて只事じゃない。さっき現場の公園を見てきたけど、これくらいの怪我ですんだのは不幸中の幸いだったよ」

「犯人は通り魔なの？」

「警察はその方向で捜査しているようだね」

恭介は、差し入れの包みを応接セットのテーブルに置いた。冷め切ったコーヒーが二つ、手付かずのままのっている。他に誰か見舞客があったらしい。

「具合どうだ？　痛みは？」

「平気、痛み止めが効いてるから。手術もしなくてすむって。でもその代わり、退院が延びちゃった」

ベッドに起き上がったまり子はピンク色のスウェットの部屋着姿で、長い髪をゆるく纏めてアップにし、薄く化粧をしている。

「退院しても、しばらくはバイトは休んだほうがいいね。学校の行き帰りはぼくが送り迎えをするから、犯人が捕まるまで絶対に一人にならないこと。夜の一人歩きも禁止だ。わかったね？」

「はいはい、わかりました。……ほんっと大げさなんだから」

「大げさなくらいでちょうどなんだよ。いいかい、恭介くんのときだって、まさかあんな大怪我をするなんてその瞬間まで誰も思ってなかっただろう？　事件っていうのは常に」

「常に日常と隣り合わせ、だから油断は禁物でしょ？　もーわかったってば……ねえ恭介、差し入れなに？」

「ああ……海老と空豆の炊き込みご飯」

「海老？」

まり子と月岡が顔を見合わせる。

「どうしたの、恭介？」

「え？」

「アレルギーで食べられないの、知ってるでしょ？」

……そうだった。まり子は甲殻類アレルギーがあり、一度海老を食べて病院に運ばれたことがある。以来一切口にしないことは知っていたのに。

「悪い、なんかぼんやりしてた」

「恭介くんらしくないね。なにかあったの。顔色もよくないし」

「夏風邪でもひいたんじゃない？　ばかがひくっていうやつ」

「……かもな」

自嘲気味に呟いた恭介を、まり子が怪訝《けげん》そうに見つめる。

「誰か来てたのか？」

「バイト先の社長がお見舞いにきてくれてたのよ」

ややうんざりしたように、まり子が説明した。それで薄化粧なんかしていたのか。

「べつにあそこでバイトしてるせいで怪我したわけじゃないんだけどな。毎日来てくれなくてもいいのに……個室を用意してくれたのはありがたいけど」

「田嶋《たじま》なりに責任を感じているんだよ。未成年のアルバイトをあんな遅い時間まで働かせて、帰り路《みち》で大怪我をしたんだからね。個室くらい当然だ」

「けど毎日来られても、悪いけど疲れちゃう。こっちはシャワーもまともにできないのに、奥さんまで一緒だし」

恭介はまり子のほうを向いた。

「……妙子も来たのか？」

「うん、昨日も今日も。あーあ……気が重い。退院したらまたチクチク云われるんだろうな。バイトが面倒起こしてって思われてる、絶対。今日だってずーっと目が笑ってなかったもの」

「そうかな。まり子の気のせいじゃないの？　いい奥さんだって仲間内でも評判だよ」

「ふーん、いい奥さんね……これだから男って」

「え、なんだい」

「さあ。ね、恭介？」

「………」

「……恭介くん？」

「恭介？」

「え……？」

ぼんやり、視線を巡らす恭介に、二人は顔を見合わせた。

「ねえ、本当に顔色よくないけど、どうしたの？」

「いや……ちょっと煙草喫ってくる」

恭介は病室を出た。

梅雨のとば口、三階の窓の外には曇天が広がっている。胸ポケットから煙草を出し、口に咥えたまま、ブラブラと非常階段に向かった。

昨今の公共施設の例に漏れず、病院内の喫煙スペースはロビーの隅っこにしかないので、ニコチン中毒たちが狭いスペースにぎゅうぎゅう詰めになって煙草をふかしている。恭介はそれが嫌で、入院中はいつもこうして、非常階段からこっそり抜け出して外で煙草を喫っていた。

雨が近いのか、湿った風が吹いていた。ライターを探してズボンのポケットに手を突っ込むと、三日前から突っ込んだままの妙子の忘れ物が出てきた。

(返さないと……いいか。捨てちまっても……)

ずいぶん手ひどく突き放した。彼女だって、もう恭介と顔を合わせたくはないだろう。

——そのほうがいい。おれはもう以前のようにはうまく遊べない。

風に誘われるまま、ゆっくりと、広い庭園の遊歩道へ下りた。

昨日。夕暮れの暗闇のなか目を醒ますと、朔夜の気配はすでに消えていた。

静まり返った暗い部屋は脱いだものが散乱し、ラグマットやソファには二人分の欲望の跡がこびりついて、ひどい有様だった。

以前、やはり同じようにサクヤが現われたときには、彼は事の途中で正気に返った。しかし今回は、最後までサクヤのままだった。少なくとも恭介にはそう見えた。

だとしたら、目が醒めたとき、朔夜はあの状態をどう見ただろう。脱ぎ散らかされた衣類、全裸の二人、快楽の証《あかし》でどろどろになった体を。

(おれは朔夜が欲情しないと出てこられない)

(朔夜のマイナスの感情を処理してやってるのさ)

——おれを……。

喘ぐように、恭介は、煙草の煙とともに深く息をついた。

おれを好きじゃないわけじゃなかった。

今ならば——関係を持たなければ好きだという証拠にならないのかと、痛みをこらえるように吐いた彼の言葉が、今ならば理解できる。

朔夜は必死だったのだ。サクヤを——あの淫《みだ》らな生き物を、自分の中からひっぱり出さないように。だからセックスを拒んだ。深い関係を持つつもりはないと云った。

ずっと悩んでいたんだろう。このことをおれに打ち明けるべきかどうかを。「君のことは好きだ、でも深い関係を持つつもりはない」——あれは、その苦悩が云わせた言葉だったのだ。

どうして気が付かなかったんだ。もっと問い詰めて、無理にでも聞き出していれば。そうすればこんなすれ違いは起きなかった。あんなふうに傷つけたりしなかった。

頼むから、どうか、おれをまだ好きでいてくれ。ほんのちょっとでいいから。つけ入る隙を与えてくれ。もう離さないから。二度とあんたを疑ったりしないから……！

だけど……と、風に揺れて立ちのぼる紫煙を見つめる。

朔夜の、肉欲への嫌悪があのサクヤを創り上げてしまったのだとしたら、朔夜自身がそれを克服しない限り、永遠に彼と抱き合うことはできないってことだ。

欲望は自分の担当だとサクヤは云った。それならば、セックスのたびに、恭介の相手をするのはサクヤだ。たとえ無理強いに抱いても同じことだ。本当に欲しいものを得ることはできない。

精神《こころ》は二つでも、同じ肉体。肉欲だけなら満たされる。サクヤの媚態《びたい》もテクニックも、恐ろしく魅力的だ。それは認めざるを得ない。現に昨日だって翻弄《ほんろう》された――拒むつもりなら、いくらだって拒めたはずなのに。

だが、あれは本当の朔夜じゃない。おれの好きな朔夜じゃない。おれが愛しているのは、白い花のようなあの人だ。欲しいのはあの人の心と体だ。どれかひとつ欠けていても、それは朔夜ではありえないのだ。

吐き捨てるように笑った。詭弁《きべん》だ。

おれは愉しんだ。そして心の片隅でこうも思ってる。両方とうまく愉しめないか……と。

「……ええそうね、家に帰ってこないのはあなたの勝手だわ。でも亮《りょう》は……あの子のことはどうなの？」

その声が聞こえてきたのは、屋外駐車場脇の階段を下りている途中だった。

恭介は足を止めた。植え込みの喬木《きょうぼく》の向こうから聞こえてきたメゾソプラノ——ややヒステリックなその声は、妙子の声に間違いなかった。

「毎晩あの子に、パパは？　って訊かれるわたしの身にもなってよ。パパは女の人のところにお泊まりよ、っていえとでも云うの？」

「よさないか」

男が鋭く叱責《しっせき》した。痩《や》せた、高級そうなスーツの中年紳士と妙子がシルバーの高級車の横で立ち話をしているのが、常緑樹の隙間から見えた。

男はうりざね顔で、フレームレスの眼鏡をかけている。声の感じはまだ若そうだが、生え際が薄く、そのせいでやや老けた印象だった。

「こんなところでする話じゃないだろう」

「じゃあどこでしろっていうの？　家には寄りつきもしない、電話にも出てくれない、いつだって忙しい忙しいって、そればっかり！　そのくせ、たかがアルバイトの見舞いには何度も足を運ぶのね。妻の話よりあの娘《こ》が大事ってわけね」

妻のヒステリックな声に、夫はややうんざりしたように溜息をついた。

「もとはと云えば、彼女の怪我は君が無理やり残業を押しつけたのが原因じゃないか。あんな時間まで高校生一人に店卸しをさせるなんてどうかしているぞ」

「しかたないじゃない。他に人手がなかったんだもの。わたしもあの日はどうしても外せなかったのよ。話したでしょ、パシフィックホテルで秋のコレクションのことで打ち合わせがあったって。それに、遅いって云っても十時だわ。高いお給料払ってるのよ、従業員ならそれくらい……」

「彼女はアルバイトだぞ。社員じゃない」

「本当にただのアルバイトかしら」

「どういう意味だ」

「ただのバイトにしては、あなた、あの娘に構いすぎなんじゃありません？」

妙子は、唇の端を底意地悪そうに吊り上げた。

「若くて美人だものね、あの娘。スタイルもいいし。あなたの好みでしょ」

「バカなことを……。いい加減にしないか」

「いい加減にしてほしいのはこっちよ！」

大きな声に、隣の車から降りてきた若い男がびっくりしたように振り返る。妙子はバツが悪そうに栗色の髪を撫でつけながら、顔を横に向けた。

「……いいわ。よそに愛人を作ろうがどうしようが、勝手にすればいいわ。男の甲斐性《かいしょう》として認めてあげる。でも離婚はしませんからね。なにがあってもそれだけは嫌。どうしてもって云うんなら、亮の親権はわたしが貰います。──そんなことになったらお義母《かあ》さま、なんておっしゃるかしら？　亮は田嶋家の大切な跡取り。お許しになるわけないわね」

「……」

田嶋は云いかけた言葉をグッと飲み込み、大きな溜息をついて、眼鏡を鼻に押し上げた。

「……そのことは今夜話し合おう」

「いいわ。家でお待ちしてます」

「乗っていくか」

「タクシーを使うわ。デパートに寄るから」

なるほどな。まり子の情報は確かだったわけか。数日前カフェで聞いた話を思い出し、植え込みの陰で恭介は溜息をついた。自分の不貞は棚に上げ、夫の不実を詰《なじ》る妻。──茶番だな。

……それにしたって、あんなオッサンとの仲を疑われちゃ、まり子もいい迷惑だ。バイトは辞めろって忠告しておくか。

そんなことを考えながら体の向きを変え、病室に戻ろうとした、そのときだった。

右と左に分かれようとした夫婦に、

「すみません──」

一人の夏服の少年が、スッと近づいていったのは。

絵から抜け出てきたように美しい少年に呼び止められ、二人はびっくりしたように立ち止まる。

「さ……！」

恭介は思わず声を上げそうになった。ぽろっと煙草が転げ落ちる。

朔夜だ。なぜこんなところに――？

「なにか御用かな？」

田嶋が尋ねる。妙子は、それが三日前銀座のクラブで出逢《であ》った少年だと気づいたのだろう、ちょっと顔をひき攣《つ》らせている。不貞の現場を押さえられている相手だ。良人《おっと》の前で鉢合わせるのはさぞ気まずいだろう。

「お呼び止めして申し訳ありません」

朔夜はズボンのポケットに手を入れた。おっとりとした、ややハスキーな声。

「落とし物です……そちらの方の」

取り出してみせた水色のスカーフを見るなり、妙子の顔色が変わったのが、恭介の目にもはっきりとわかった。

「三日前の夜十時頃、西口公園で落とされたでしょう？」

「三日前の夜……？」

田嶋は怪訝そうに妻を振り返る。

「その日はパシフィックホテルで打ち合わせだったんじゃなかったのか？　それで麻生くんに残業を任せたんじゃないのかね？　なぜ公園なんかに」

「知らないわ。わたし、そんな所には行ってません」

妙子はムキになったように朔夜を睨《にら》みつけた。

「そんなスカーフ知らないわ。よく調べもせずに妙なことを云わないで」

「そうですか。……じゃあ別の人の物かもしれません」

あっさりと朔夜はそう云い、でも、と柔らかなアルカイックスマイルでつけ加えた。

「あの晩、公園にいらしたのは間違いないでしょう？　どしゃ降りの中、ひどく動揺した様子で噴水広場の階段から走って逃げていった……まるで、誰かを階段から突き落とした直後みたいに」

「な……」

妙子は舌がもつれたように絶句した。まるで石にでも変わったかのように、みるみる顎が硬張《こわば》っていく。

「妙子……まさか、君……」

それを目《ま》の当たりにした田嶋は、激しく妻の肩を揺さぶった。

「まさか……そうなのか？　君があの娘を……そうなのか？」

「ちがうわ……！」

ソプラノが裏返る。

「嘘よ。でたらめ云わないで！　公園なんか行ってない。知らないわ！」

「……君」

田嶋は懐から名刺入れを取り出した。

「わたしは彼女の夫で田嶋という者だが……よかったら少し時間を貰えないだろうか。その話、被害者の女性の前でもう一度詳しく話してもらいたいんだが。ちょうどいま弁護士も病室に来ている」

「あなた……！　そんないい加減な話を信じるのっ⁉」

ヒステリックに叫ぶ妻を、田嶋は鋭い目で抑えつけた。

「いい加減かどうかは調べればわかることだ」

「やめてよ！　バカバカしい、でたらめに決まってるじゃない。どうしてわたしが――」

「誓って潔白だと云えるのかね。わたしと彼女との仲を疑ってる君が？」

妙子はぐっと言葉に詰まる。その様子に、田嶋は溜息をつき、頭痛をこらえるような表情で目を細めた。

「……これだけは云っておくが、わたしは彼女に対して特別な感情を持ったことは一度もない。誓って、他に女性を作ったこともない。わたしが家に帰らないのは、亮がわたしの子じゃないからだ」

田嶋は淡々と云った。

「わたしは長年、自分がA型だと信じていたが、年末に事故で入院したときの血液検査で、本当はB型だったことがわかった。君はB、亮はAだ。B型同士の両親からA型の子供は生まれない。——月岡の勧めでDNA鑑定を受けた結果が先日出てね。わたしと亮は、九九・九九％の確率で血縁関係は認められなかった」

田嶋は朔夜を病棟に促した。そして、歩きかけたところで、妙子を振り返った。彼女の顔色は灰のように青白く、いまにも倒れそうに見えた。

「離婚のことはともかく、麻生くんの件ではせいぜいいい弁護士をつけてもらえるように計らうよ。……それが、三年間妻だった君への、最後の情だ」


屋上には強い風が吹いていた。

洗剤のコマーシャルのように一面に干された白いシーツがばたばたとはためき、その白い波間の奥に、朔夜は、フェンスに額をつけて佇んでいた。右手の長い手指には、あの水色のスカーフが巻きついて、強い風に翻っていた。

「……そのスカーフは、妙子のじゃない」

背後に立ち止まった恭介を、朔夜は、ゆっくりと振り返った。

そして、ハスキーな声で云った。

「ああ。これはさっき、駅前の店で買ってきたんだ」

「……」

恭介は動揺をこらえるように、グッと両拳を握った。

それは、朔夜ではなかった。あの白い花のようなアルカイックスマイルはそこにはなく、唇には、朔夜のものではあるはずのない、妖艶《ようえん》な微笑が浮かんでいた。

サクヤは艶やかな黒髪を風に乱しながら、恭介を見上げる。

「本物のスカーフは、おまえのポケットの中だ。……そうだろ？」

「……」

「見たんだよ、昨日。おまえが眠っている間に、煙草を探してて見つけた……あの晩クラブに忘れていったんだろう？」

恭介はポケットの中のスカーフをギュッと握りしめた。サクヤの指摘通り、それは、妙子が三日前の晩〝ＭＯＯＮ〟に落としていった物だった。

「……どうしてあんなでたらめを云った」

「でたらめじゃないさ。スカーフはあの女の物じゃなくても、やったのはあの女だ。田嶋妙子は、九時四十分頃あのクラブを出て、タクシーで麻生まり子のバイト先に向かった。そして十時十分ジャストにショップを出てきた麻生まり子の後をつけ、西口公園の階段で背中を突き飛ばして逃げたんだ」

「なんでそんなことが——」

「見てたんだよ。最初から最後まで。銀座のクラブを出てから公園で麻生まり子を突き落とすまで」

「どうして」

「あの女をつけてたから」

「つけてた……？」

恭介は眉をひそめた。

「なんでそんなこと——」

「そりゃ、まさか道を聞くためじゃないさ」

サクヤは水色のスカーフを、キスするように口もとに当てた。

「あの女と同じことをするため……だ」

「な……!?」

サクヤの手からふわりとスカーフが離れた。強い風に流され、蝶《ちょう》のようにひらひらと穹《そら》に舞い上がっていく。

「おまえがいけないんだぜ。朔夜の目の前であの女と見せつけたりするから。……もっともあいつは、自分がしようとしたことはこれっぽっちも覚えてないけどな。ただでさえ、おまえに振られたあと、取り乱さずにいるので精一杯だったからな」

胡乱《うろん》げな恭介の視線に、サクヤはまだわからないのか、と云いたげな表情で軽く首をすくめた。

「云ったろう？　おれは朔夜のマイナスな感情の処理をするんだと。嫉妬と憎悪はおれのテリトリーだ。好きな男に抱かれてる女に腹いせするのも、おれの役目……ってわけさ。朔夜にとってはまったくの無意識の行動だ。あの女を尾行したことも、公園で起きたことも、あいつはなにひとつ覚えちゃいない」

サクヤはつと手を伸ばし、恭介の胸ポケットから煙草を一本抜き取った。堂に入った仕種で火をつけ、うまそうに吸い込む。

「おまえには感謝しなきゃな。朔夜はおまえといると、自分を失いやすくなる。あの女のことも……図書館でも」

「……図書館……？」

「あのキス……さ。退院してきた朝の」

ふうっ…と煙を恭介の顔に吹きかける。

「なに間抜けヅラしてる。鈍い男だな。わからないのか？　あの晩、おれがホテルでオトコを引っかけたのは、おまえのせいだよ。あんなスケベなキスで煽《あお》るから、夜中に悶々として、おれに出番が回ってきたのさ」

「……そ……」

「なのにおまえときたら。目の前であの女とイチャつく、色っぽい年増の部屋になんか転り込んでる……そりゃあいつだってキレるさ」

舌が凍りついた。全身の血液も、周りの景色も、すべてが凍りつき、音を立てて割れたような気がした。

原因はおれ……だったのか？　朔夜があの医者と寝たのも、あんなふうに妙子を追い詰めたのも――サクヤをひっぱり出してしまったのも、なにもかもおれが――？

「あいつはいま、深い深い眠りについている。膨らみすぎた自分の穢らわしい欲望に心が耐えられなくなったんだな」

サクヤは片肘《かたひじ》を抱えるようにし、横を向いてフーッと煙を吐いた。

「いままでは朔夜に抑え込まれてきたが、おまえのお陰で、これからはおれがこの体の主格《ホスト》だ。礼を云うぜ」

「……返せ……」

恭介は震える手でサクヤの手首を摑んだ。

「あの人を返せ……おれの朔夜さんを返せ！」

「返せ、はいいね」

サクヤは半月形に目を細めて、煙草を二本の指に移すと、青ざめた恭介の唇に、唇を重ねた。しっとりとした唇は、キスというほどの余韻も残さず、すぐに離れていった。

そして、蒼白《そうはく》で突っ立っている恭介の唇に吸いかけの煙草を挟ませると、今度はチュッと音を立てて頬にキスする。

「……キスもさせてくれない恋人より、おれのほうがずっとお得だと思うけどね」

ポツン、と冷たいものが恭介の頬に当たった。雨だった。それは見る間に激しくなり、やがて周囲の景色を霞《かす》ませるほどになった。

サクヤの姿はいつの間にか消えていた。取り込まれるのを忘れられたシーツの波と、恭介だけが、雨の中に佇《た》っていた。

唇に挟まれていた煙草が、ぽとりとコンクリートに落ち、雨がその火を消す。恭介は震えながら手の平を拡げた。だが、痛いほど叩きつける激しい雨がすぐに、その手にわずかに残っていた朔夜の温もりすらも、押し流していった。

「……朔夜さん……」

濡れた両手に顔を埋《うず》め、恭介は吐くように低く、唸《うな》った。恐ろしい量の喪失感が全身にのしかかってきて、まっすぐに立っていることさえも困難だった。

「朔夜さん……」

ラブ・ミー・テンダー

「すまなかったなあ草薙《くさなぎ》、結局最後まで手伝わせちまって。せっかくの放課後が潰《つぶ》れちまったな。デートの約束でもあったんじゃないのか？」

開け放った窓ガラスに、落ちかけた丸い夕陽《ゆうひ》が映っている。

鞄《かばん》を提げて、さざめきながら夕暮れに染まった校庭を横切ってゆく生徒たち。運動部のランニングのかけ声。サッカー場はナイターの明かりがついたばかりだ。湿った風が裏手の雑木林を渡ってくる。茜《あかね》色の叢雲《むらくも》の中を渡ってゆく雀《すずめ》の群れ——ゆっくりと遠ざかってゆく校庭の声。

いつもの、夕暮れ。

下校時間はとうに過ぎ、校内に残っているのはクラブ活動の生徒と、数人の職員だけだ。期末テスト明けの休みが昨日で終わって、来週にはもう、夏休みがはじまる。

校舎のほとんどの窓は明かりが消え、つい先日までテスト勉強の生徒で空席もなかった図書館も、いつもの、深海の底のような静けさを取り戻している。階下の靴音や会話がはっきりとここまで響いてくるほど。

「ご心配なく、宮田《みやた》先生。そんな相手はいませんから。それじゃ、この本は全部返却でいいですね？……あれ、これだけラベルが貼ってありませんけど……」

「ああ、それは芥川《あくたがわ》の私物だ。別にしといてくれ。やれやれ、腰が痛《いて》ぇ。っこらしょ…っと」

宮田の声——がたがたと椅子を引く音を聞きながら、恭介《きょうすけ》は、腰かけた出窓の下に、煙草の灰を落とした。

　書庫はもう、かなり薄暗く、恭介の制服は暗いオレンジ色を吸い込んでいる。天井にゆったりと漂う紫煙。

「お疲れさまです。なにか飲み物でも買ってきましょうか」

「いやいや、だめだだめだ。こないだも芥川に、館内は飲食禁止だってこっぴどくやられたばっかりだ。まったく、あいつは恩師に遠慮がねえよ」

「そんなこと。宮田先生のこと、とても尊敬してらっしゃいますよ。それに心の寛《ひろ》い方ですから、コーヒーで一服するくらいは大目に見て下さると思いますよ？　論文のためだからって稀覯書《きこうしょ》を無理やり持ち出したり、ロッカーに借出期限切れの本を山ほど隠したりさえなさらなければ」

「おまえもキッツイなあ、顔に似合わず。飴舐《あめな》めるか？　ホイ。——今日は、樋口《ひぐち》は待ってないのか」

　不意に自分の名を挙げられ、恭介は、ぴくりと顎《あご》を上げた。

　おっとりしたテノールが、問いに答える。

「さあ……今日はもう帰ったんじゃないでしょうか」

「毎日うちまで送ってもらってるんだろう」

「ええ。もう心配ないって云《い》ってるんですけど……」

「まあ、あんなことのあった後だからな。用心に越したこたぁない。……よぉ、草薙よ。その樋口のことなんだが……なにか、近頃気がついたことねえか」

「気がついたこと……ですか？　さあ……樋口がなにか」

「うん……いやな、なにがどうってわけじゃないんだが……なんとなく気になってな。退院してすぐ、しばらく無断欠席が続いてただろう。どうもあれから様子がおかしかないか。テストはきっちり受けたし、成績も申し分なかった。このところ欠席も早退もないし、特に問題があるわけじゃないんだが——それがどうもかえって、引っかかってな……」

気の回しすぎだ、宮田先生。——恭介は薄く笑った。吸い込んだ煙が急に苦く感じた。

べつにどうもしちゃいないさ。——おれはね。

どうかしちまったのは、おれじゃない。

「そうですか……。わかります。実はぼくも、彼が麻生《あそう》くんのことで少しナーバスになっているような気がしていたので」

「やっぱりおまえもそう思うか。あの二人はなんでも、母親同士が学生時代からのつき合いらしくてな。麻生の母親は中等部に入って間もなく亡くなったんだが、もともと病弱で入退院をくり返してたんで、ガキの頃は樋口の家で二人まとめて面倒をみてたらしい」

「兄弟同然だったんですね……。それじゃ無理もありませんね。彼自身も、あんなことがあったばかりですし……」

「麻生はそろそろ退院できるはずだな」

「週明けには、って聞きました。まだギプスが取れないので、終業式には出ずに自宅療養するそうです」

「そうか。まあ、あいつは出席日数も足りてるし、期末テストも病室で受けられたことだし。無理するよりはそのほうがいいだろう。……おまえのほうはどうだ。少しは落ち着いたか」

「はい。先生方のおかげで、事件のことはほとんど公にならずにすみましたし、最近は思い出すことも少なくなってきました。でも、樋口が……自分のことより、本当に、樋口には申しわけなくて……それだけが気がかりです」

「そうか……うん。——なあ、草薙」

「はい」

「だからって、今のおまえにこんなことを頼むのはあれなんだが——できるだけ、樋口の力になってやってくれんか。いや、おまえも来年には受験が控えとることだし、よけいな負担をかけちまうのはアレなんだが……情けない話だが、あいつと向き合うにはどうもこう、教師ってもんの限界を感じちまってなあ……」

「先生……」

「あいつはまあ、あの通りフラフラしとるし、なにしろ入学式にホステスと海外旅行なんか行くわ、重役出勤はしょっちゅうだわ、学校を昼寝の場所と勘違いしとるわで、一見どうしようもないお調子もんだが、あれでけっこう友達も多いし、根っこは一本気で努力家の面もあるんだ。ただそれをなかなか理解して下さらない先生方も多くてな……いやまあ、おれが間に立って収まることならいくらでも盾になるつもりだが……どうもこう、この頃のあいつは、おれとの間に壁を作りたがってる気がするんだよ」

深い溜息《ためいき》。

「糸の切れた凧《たこ》みたいだったやつが、おまえとつき合うようになってからは、ずいぶん違ってきた。まともに学校に出てくるようになったのだって、おまえが心配してあちこち捜《さが》し回ってくれたからだろう。いや、なにも世話を焼いてやってくれって云っとるわけじゃないんだ。おまえだっていろいろと大変だろうしよ。ただ、またあいつの糸が切れちまわんように、それとなく様子を見てやってくれんかな。あいつもおまえにだけは格別に懐いとるようだから」

「はい。先生のご期待に沿えるかわかりませんけれど、ぼくで力になれることなら。樋口はぼくにとってもかわいい後輩ですし……なにより大切な恩人ですから」

「すまんなあ。まったく、みんながみんな、おまえみたいな生徒だったら教師も苦労はないんだが……。まあ、ばかな子ほどかわいいってやつだな」

「いまごろ樋口、くしゃみしてますね」

「そんなかわいいタマか、あいつが。——さてと。草薙、準備室寄っていかんか。コーヒーでも出すぞ」

「いえ、これで失礼します。父と夕食の約束をしているので。先生、先にお戻りになって下さい。芥川先生から鍵を預かっていますから、二階の窓を確認してから出ます」

「そうか。じゃ、気をつけて帰れよ。今日は助かった。ありがとう」

「さようなら。先生もお気をつけて」

カツ、カツ、とがに股《また》で歩く靴音――ガラス戸の嵌《は》まった重い木製の扉が、軋《きし》みながら閉じる。

やがて、もう一つの足音が、古い床板を軋ませながら階段を上がってきた。その足音を聞きながら、恭介は長くなった煙草の灰を窓から落とした。

「……こんなところにいたのか」

キシ…と、戸口で足音が止まった。

「手伝ってもらえばよかったな。宮田先生に論文のスライド作り手伝わされて、へとへとだよ。ああ……ここは風が通るね。気持ちいい。下は蒸し暑くて。もう冷房切ってしまったから」

「……やめろよ」

急激に陽が落ちて、背表紙の文字もほとんど見えないほど暗いオレンジ色に沈んだ書架の間を、ほとんど足音を立てず、猫のようにしなやかな身のこなしで歩いてくる。恭介は煙草のフィルターを嚙《か》みしめ、唸《うな》るように吐き捨てた。

「その喋《しゃべ》り方。イライラする」

「……傲慢《ごうまん》な男だな」

窓辺に立ち、黒髪を風になぶらせながら、彼は、夕暮れを吸い込んだその黒瞳に仄《ほの》かな笑みを浮かべた。窓辺に置いたままだった恭介の煙草を、勝手に一本振り出す。

「人前ではこういう喋り方しろって強制したのはどこのどいつだ？」

「やめろ」

恭介は跳ね起きるようにして、サクヤの唇から煙草をもぎ取った。

「こんなもん喫《す》うな。髪に臭《にお》いがつく」

「………」

親指でへし折った煙草をズボンのポケットにねじ込む。苛立《いらだ》たしげなその仕種に、サクヤは不平を唱えるでもなく、ただ唇の片側を皮肉っぽくカーブさせた。

「いまさら……。指先まで臭いがしみついてるくせに」

「おれじゃない。あんたの髪の毛にだ」

むっつりと、残りの煙草をポケットにねじ込む。

「校内では草薙朔夜《さくや》らしく振る舞う。そういう約束だろうが。その制服にも髪にも、脂《やに》の臭いなんかくっつけるな」

「だから、らしく振る舞ってやってるだろう？　品行方正、教師の前では優等生に、おまえみたいな問題児にも親切に、穏やかかつ公正に……ね」

ふんと鼻を鳴らす。

「反吐《へど》が出るぜ。つくづく退屈なやつだよ、朔夜ってのは。よくこんな生活に耐えられる。肩が凝って死にそうだ」

「なら消えろよ」

恭介は、凍るような、冷たい眼差《まなざ》しをサクヤに向けた。

「おまえが消えて、朔夜さんが戻れば話はすむんだ。……消えちまえ。おまえなんか」

「……頭の悪いやつだな」

サクヤはばかにしたように細い顎を上げた。カリ…と奥歯でキャンディを噛み砕く。

微風に舞う細かな塵《ちり》が、金色に輝いて、ほっそりとした輪郭をきらきらと彩っている。まるで、彼自身が鱗粉《りんぷん》をふりまいているかのようだ。

紫がかった瞳《ひとみ》も肉の薄いなめらかな頬《ほお》も、セピアがかったオレンジ色に包まれている。上向きに緩くカーブした唇。――その、妖艶《ようえん》な微笑。

「云っただろう？　それは朔夜が望んでないって」

同じ顔。――同じ肉体。

「あいつは出てきたくないってさ。おまえと顔を合わせれば、また性欲だ嫉妬《しっと》だと、あいつの大嫌いなドロドロに巻き込まれるだけだからな」

ちがうのは精神《こころ》だけ。

これも草薙朔夜なのだ。サクヤという、あの人の心に隠れていた、もう一人のあの人だ。

「みんなに好かれるいい子ちゃんでいたいのさ、あいつは。おれに云わせりゃ堅物のバカだ。こんなイイことも知らずに生きてるなんて……な」

「………」

シャツ越しにもわかる、ひんやりと冷たい手が、恭介のネクタイを緩める。指に絡めるようにして引き抜かれたそれを床に放ると、右手をそのまま、恭介の太腿《ふともも》にぴったりと添えてきた。

ただ触れられただけでビクッとすくむ体を、サクヤは面白そうに含み嗤《わら》いで見上げる。

「そんなに固くなるなよ、恭介……」

「………」

「ご褒美をくれるんだろう？　約束通り、いい子ちゃんを演じてやったんだ。今度は、そっちが約束を守る番だぜ……」

首の後ろに柔らかく片手が添えられ、妖艶な美貌が、伸び上がるようにして近づいてきた。

瞳の色が柘榴《ざくろ》のような透き通った赤に完全に変わったその刹那《せつな》、恭介の背後で、シャッと音を立ててブラインドが下りた。

窓の外の梢《こずえ》にとまっていた雀が一斉に羽ばたく。恭介は目を開けたまま、サクヤの唇に荒荒しく舌を捩《ね》じ込んだ。口の中はミントの味がした。

サクヤの手が恭介のベルトにかかり、前を緩める。摑《つか》み出したまだ柔らかいそれを、せき立てるように扱《しご》き、床に膝《ひざ》をついて、口の中にためらいもなく含んでいく。

熱く、とろけるような舌の感触に、恭介は奥歯を嚙みしめた。後ろ手に書架のフレームを摑む。サクヤの頰が窄《すぼ》む。唾液のぬちゃぬちゃいう音が、静まり返った狭い密室に響いた。目が眩《くら》むような快感。胴が震えた。まとわりついてくる舌を弾《はじ》き返さんばかりに肉棒が膨らむ。食いしばった歯の奥から、切れ切れの声が漏れた。

「いいぜ……たっぷり出せよ」

チュク…と口から吐き出した亀頭を、歯と舌を使って微妙に刺激しながら、潤んだ瞳でうっとりと恭介を見上げる。桜色に上気した目もと。その手は、ゆっくりと自身の股間《こかん》をいじっている。

「おまえのが一番、濃くてうまい……」

「黙れッ……」

目を閉じ、黒髪を摑んで口に捩じ込んだ。

ちがう。

これは朔夜なんかじゃない。

放課後の校内で、喜んで男の性器にしゃぶりついてる、淫乱《いんらん》な生き物——これがおれのあの人だなんて思えるわけがない。

精神が違えば別人だ。こいつは朔夜さんなんかじゃない。あの人とは別の人格、別の人間だ。

「いいえ、樋口くん。たとえあなたや、本人がいくら否定しようとしても、その第二の人格もまた彼自身——朔夜くん自身であることは、紛れもない事実なのよ」

杉浦《すぎうら》はそう云った。あの精神科の女医。

「彼を否定しても問題は解決しません。朔夜くんを救いたいのなら、まず、彼の人格の一部であるサクヤを、わたしやあなたがきちんと認識すること。そしてコミュニケーションを取ること。それができなければ、朔夜くんは一生眠ったままかもしれない——心の中にこしらえた、温かくて心地のいい、繭《まゆ》の中で」

1

凄《すさ》まじい急ブレーキと、アスファルトを引っかきながらなにか金属的な重量のあるものが横滑りしていく不快な音が、夕方から雨足が強くなった表通りから聞こえてきた。

デスクに腰かけたまま八階から見下ろしてみたが、窓ガラスは流れ落ちる水滴に街灯の明かりを滲《にじ》ませているだけだ。手前のビルが陰になっているのか、事故車も、やじ馬の気配もここからは見えない。きっとまた角の交差点だろう。あそこは事故が多い。たいしたことないといいが。

嫌な雨だ。この分では２４６も渋滞しているに違いない。帰りにスーパーに寄るつもりだったのに。また今夜も冷凍食品ですませたら、息子たちからさすがにブーイングがきそうだ。

ああ、肩が凝った…。椅子の背もたれを倒すように体を伸ばし、首と肩を回す。暮れた窓ガラスに映る顔は、なんだかまた最近皺《しわ》が増えた。

今日最後のクライエントは、息子の引きこもりに悩む母親だった。成績優秀、品行方正だった大学生の息子が二年もの間、自分の部屋から一歩も外に出ようとせず、誰とも口をきこうとしない。相談しようにも夫は仕事が忙しく家庭を顧みず、実家にはみっともなくて相談できない、という。母親は軽度の鬱症状があった。こういったケースでは、問題の当事者と同時に、親にもセラピーが必要であることが多い。

今回はその典型的なケースだった。息子のほうについては、杉浦の出身大学に十数年前から引きこもりの研究をしている後輩がいる。彼にアドバイスを仰ぐのがベストだろう。

「先生」

控えめなノックの音がし、受付の中谷《なかたに》が、ふっくらした顔をドアから覗《のぞ》かせた。

「六時半になりましたけど、受付閉めてしまってよろしいでしょうか？」

「ああ、うん……そうか。草薙さん、やっぱり電話なかった？」

「ええ、お電話もメールも。どうしましょう。もう少し待ってみますか？」

杉浦は溜息をついて、バインダーを閉じた。

「ううん、もう帰ろう。雨も強くなってきたし……またそこで事故があったみたいよ」

「え、またですか？　警察に電話は……」

「いや、いいでしょう、この間も通報が集中して混乱してたみたいだからね。あそこは人通りも多いし」

「じゃあお掃除はじめますね」

「はい、お疲れさま」

カレンダーの日付にバツ印をつけ、立ち上がりかけた杉浦は、やはり気にかかって彼のカルテを出した。

草薙朔夜。予約をすっぽかしたのは初めてだ。セラピーを開始して一ヵ月と少し。そろそろ足が遠のく頃だと予測はしていたが。

治療といってもカウンセリングが主で、薬を処方するわけでもなく、手術で患部を取り除くわけでもない。患者たちが期待するほど劇的に好転することはまずないといっていい。

サイコセラピーは、たとえるなら、真っ暗な闇《やみ》の中で、大きな鍵束の中から目の前のドアに合う鍵を探す作業に似ている。やっと見つけ出した鍵で開いたドアの向こうには、また闇の中にドアがある。そうやって地道に、順々に開けていったドアの向こうに、ある日突然、眩《まばゆ》い光が溢《あふ》れているのだ。

けれど、光にたどり着く前に、あまりに時間が掛かりすぎて諦《あきら》めてしまったり、時間的、金銭的な余裕がなく挫折《ざせつ》してしまう患者も少なくないのが現実だった。とはいえ患者自身に治療の意志がないものを、首に縄をつけてひっぱってくることもできない。患者らやその周囲が社会生活や日常に支障をきたさないのであれば、治療の中断もやむを得ない。――それが、ここに開業してからの杉浦の考えだった。

精神科医の仕事は、クライエントの「心」を楽にしてやることだ。もし彼が、杉浦の力を借りる必要はない、当てにならないと感じたのならば、出しゃばることはできない。患者の自主性を重んじるのも、大切な治療の一環なのである。

ただ、草薙朔夜がセラピーを受けていることについて――つまり、彼の症状について保護者が知らないままなのは、大いに問題だった。

　初めの問診でそれを打ち明けられたとき、杉浦は、いずれ彼の父親をここに呼んで説明することを提案した。母親の顔も知らず、出張の多い父親の代わりに育ててくれた祖父は数年前に他界。「父には、できれば自分から打ち明けたい」と、つかえつかえ発した言葉の端々から、たった一人の肉親への深い愛情と、気遣いが感じられ、杉浦はつい母親としての自分に立ち返り、胸を締めつけられる思いがしたのだった。

　彼は聡明《そうめい》で、思慮深く、いささか内罰的傾向がみられるものの、ごく一般的な青年といって差し支えはなかった。解離性同一性障害《DID》——いわゆる多重人格の症状を訴えていること以外には。

　ただし杉浦はまだ彼の疾患を確認したわけではなく、現段階では、他の精神的疾患も疑わざるを得ない。解離性同一性障害は、統合失調症の症状と類似点があるため、杉浦のように専門的な訓練を受けたセラピストであっても、判断に時間がかかる場合がある。きちんとした診断を下すためにも、ぜひ肉親との面会は必要だった。

　さらに、心的外傷後ストレス障害《PTSD》との関連性も切り離せない。あの引きこもりの母子のように、肉親になんらかの問題がある場合も少なくない。彼が統合失調症であれ、多重人格であれ——また、そのどちらでもないにせよ、症状の原因を突き止めることが肝要だ。治療はそこからはじまるのだ。そして、ぜひ会いたい人物がもう一人。

カルテをめくる。

それは、彼の話の中に何度も出てきた少年だ。高校の後輩で、一ヵ月ほど前に巻き込まれたストーカー事件で彼の命を救い、カウンセリングを勧めたという人物。現時点では、彼が最も身近な、草薙朔夜の交代人格との接触者である。いずれ可能ならばここへ呼びたい、と考えていた。きっと興味深い話が聞けることだろう。

ただ問題なのは、彼が治療をこのまま放棄した場合だ。本人の症状を保護者に相談すべきか否か。たとえ肉親でも、セラピーの内容を明らかにしないのが原則である。人の秘密をペラペラしゃべるようでは、クライエントの信頼は得られない。

しかし、今回のクライエントは高校生なのだ。もし放置して症状が進行したら？　一方、もし勝手に打ち明けたことで、父子の関係がこじれてしまったら？……セラピストとして、医師として、どう対処すべきか。頭の痛い問題だった。

覚書をいくつかしたため、カルテを整理棚に戻す。上着を肩にかけ、バッグを持って電気を消そうとすると、

「せ——先生、せんせえ！」

うわずった中谷の声が、隣の待合室から上がった。

中谷は、もう二十年以上もこの業界で働くベテランで、体格もいいが肝っ玉も太く、クリニックの患者のあしらいもよく心得ている。めったなことで悲鳴を上げるようなことはない

が、蜘蛛《くも》とゴキブリだけは別なのだ。

やれやれまたかと、机の一番下の抽斗《ひきだし》を開ける。ここでは料理はしないし、ゴミも頻繁に自宅に持ち帰るように心がけているのだが、最近階下にコンビニエンスストアができたせいか被害は増える一方だ。

「はいはい、どうした。またゴキブリ？」

待合室のドアを開け――杉浦は、殺虫剤を握りしめたまま、唖然《あぜん》として立ちすくんだ。

果たして、ゴキブリでも、蜘蛛でもなかった。そこには、頭から泥水を被《かぶ》った長身の青年が一人、右腕からぽたりぽたりと血を滴らせ、突っ立っていた。


「あんた――ここの人か」

顎からぽたぽたと滴る雫《しずく》を拭《ぬぐ》おうともせず、青年はゆらりと首を巡らせた。濡《ぬ》れてざんばらにはりついた前髪の奥から、血走った眼が杉浦を捕らえる。

まだ二十歳《はたち》かそこらだろう。長身だ。筋肉質のしなやかな体軀《たいく》から湯気が立ち上っていた。厚い胸板に白シャツがぴったりと透けてはりつき、捲《まく》り上げた右肘《みぎひじ》から雨に混じった鮮血が、陽焼《ひや》けした皮膚に筋を作って伝い落ちている。滲んだ血が布地に鮮やかなピンク色のマーブル模様を広げていた。

「ここに、杉浦って医者がいるだろう。話がある。会わせてくれ」

腰を抜かした中谷が、おろおろと杉浦を振り返る。杉浦はごくりと唾《つば》を呑《の》み込んだ。うなじがビリビリした。

「中谷さん、救急キットとタオルを持ってきて、急いで」

「どこだ」

「君、そこに座って」

「どこだよ。杉浦に会わせろっつってんだ！　いるのかいねえのか、どっちだ！」

「杉浦はわたしです。座りなさい」

顎を上げ、毅然と言い放つ杉浦に、青年は怯《ひる》んだ。四〇センチ近くも頭上から、買ってきたひよこがよく見たらカラスだった、とでもいうような唖然とした目つきで、つむじを見下ろしてくる。髪の毛やシャツから滴った雫が、足もとに水溜《た》まりを作っていく。

「……あんたが……医者……？」

「そうよ。女の医者は見たことない？」

「捜してくれ！」

青年はいきなり杉浦の二の腕を掴み、すごい力で揺すぶった。

「昨日も一昨日《おととい》も家に帰ってないんだ。学校にも行ってない。ウロつきそうなとこは全部当たったけど、もうどこも心当たりがなくてっ……」

「ち、ちょっと待って。落ち着いて、順序立てて話してちょうだい。捜すって誰を？　あなたの名前は？」

「朔夜──草薙朔夜だ。ここの患者の」

「草薙……？」

「どこにもいねえんだ……どこ捜しても。家にも、学校にも、クラスのやつんとこにも、どこにもっ……あんたならなんか知ってんだろ？　教えてくれ。あの人が行きそうなところとか、アテにしそうなやつとか、いつも使ってるホテルとか、店とか！」

「座って。座ってお話ししましょう。耳もとでそんな大声を出されちゃ心臓が止まっちゃうわ。家の人は？　なんて云ってるの？」

「いない。何度も電話したけど捕まらなくて、夜になっても家ん中ずっと明かり消えたままで──……おれのせいだ。おれがあの人を追い詰めたから……もしあの人になんかあったらっ……」

「落ち着いて、詳しく聞かせて」

ようやく彼をソファに座らせ、タオルで体を包むと、横に腰かけて、なだめるように肩に手を置いた。

右耳に四連のピアスが見えた。濡れたざんばら髪に覆われた横顔は鼻筋が高く、粗削りだが実に魅力的だ。スタイルのよさときたらファッション雑誌から抜け出してきたようだ。よく見れば泥だらけながらもシャツは麻、それも大変に仕立てのいいものである。

「いなくなったのはあなたのお友達？　一昨日から連絡がつかないの……それは心配ね。でも今夜辺りひょっこり帰ってくるってことはないかな？　いまの若い人たちって、親に連絡入れずに友達のところを泊まり歩いてることは珍しくないでしょう」

「……………」

充血した眼玉が杉浦を見上げた。

「……本気で云ってんのか」

「……………」

「あの人のこと知ってて、ンなこと本気で云ってんのか——あんた、それでもあの人の主治医か、あァ⁉」

その大声に、中谷が大急ぎで受付カウンターに戻り、受話器を握り締める。家庭環境に問題を抱えている患者を隔離した場合などに、肉親や恋人などが怒鳴り込んでくることがままある。万が一に備え、最寄り署のホットラインを引いてあるのだ。

「大声を出してもむだよ。その件には答えられません」

「あの人がどうなってもいいのか」

「医者には守秘義務があるの」

「自分の患者がどうなってもいいのか⁉」

「その人が仮にわたしの患者だったとしても、ご家族以外の人に答えることはできません。そういう決まりです。プライバシーに関わることですからね」

杉浦は努めて冷静に、根気よくくり返した。

「お友達を心配する気持ちはよくわかるわ。でもわたしには医師として、患者さんを守る義務があります。あなたの質問に答えることはできません。それより手当をさせてくれない？シャツを脱いで――いや、切っちゃおう。中谷さん、鋏《はさみ》ちょうだい」

「……なにが守秘義務だ」

青年は、やにわに、杉浦の手をはねのけるようにして、ゆらりと立ち上がった。そしてぐしょ濡れのシャツに手をかけるや引きちぎるように襟《えり》を開いた。ボタンがいくつか床に飛んだ。

呆気《あっけ》に取られている二人の目の前で、右脇腹の大きなガーゼを毟《むし》り取る。杉浦は眼を見開いた。引き締まった腹部に走る、まだ生々しい色合いの傷痕《きずあと》――

「……あなた……」

「一ヵ月前、ナイフで刺された」

抑揚のない声音。杉浦は、彼の顔を見上げた。

ぽたり、ぽたり、と肘から血と雨の混ざった雫が、足もとに滴る。

「あなた――樋口恭介くんね」

「……」

充血した目が、瞬《まばた》きもせず杉浦を睨《にら》み返した。言葉はなくとも、その烈《はげ》しい眼差しはじゅうぶんな肯定だった。

（では、この青年が……）

「先生……」

中谷が受話器を握り締めたまま、不安そうに窺《うかが》っている。杉浦は頷《うなず》いて、彼女に受話器を置かせた。そして改めて、青年に向き直った。

「朔夜くんの主治医の杉浦です。あなたのことは彼から聞いているわ。――ごめんなさいね、守秘義務を優先させました」

青年の目つきは烈しいままだ。そら見ろ、人の話はちゃんと聞けこのババア。――そんなところだろう。反論はしない。これは草薙朔夜の名前が出た時点で、可能性を考えなかった自分のミスだ。

「彼はいついなくなったの？　今日の予約をすっぽかしたので心配していたのよ」

「じゃあ、やっぱここにも……」

「来てないわ。そこに座って。話は手当をしながら」

「どっか行きそうな場所、心当たりないのか？　あんたにはいろいろ話してたんだろ？」

「待って、まずはあなたの手当が先よ。ずいぶん出血してる。痛いでしょう」

「血がどうした！　ぐだぐだぬかさず答えろっつって………血？」

と、たったいま初めて気づいた様子で、自分の右腕を見下ろす。――やいなや、顔からサーッと血の気《け》が引いていき……

「あらら……」

「救急車呼びますか、先生？」

「いや、自分の血を見てびっくりしたんでしょう。すまないけど、冷たいタオル持ってきて」

「はい。あの先生、この人は……」

「患者さんの関係者よ。いずれ話を聞きたいと思ってた――しっかりしなさい、君。お腹《なか》刺されたときはこんなもんじゃなかったでしょうに」

真っ青になってソファにのびてしまった青年の前に、溜息まじりに屈《かが》み込む。やれやれだ。床は水浸し、ソファはクリーニングに出さねばなるまい。

まるで嵐のような青年。――嵐が彼を運んできたのか、それとも、彼が嵐を運んできたのか。

窓を叩く雨がいっそう激しさを増した。

高校に入ってすぐの頃、形成外科の女医としばらくつき合っていたことがある。水泳でぶっ壊した肩を治してくれた、優秀な医師だった。女医は信用できない、なんておかしな偏見はないつもりだし、珍しいとも思わない。——にもかかわらず男だと思い込んでいたのは、アメリカ留学、何冊も研究著書のある精神科医という肩書のせいじゃなく、「歩《あゆむ》」という名前のせいだ。

「いいのよ。子供の頃からよく男の子と間違えられたわ。それにしてもいったいどうしてこんな怪我《けが》を。喧嘩？」

「……バイクでこけた」

それにしたって、血を見てのびちまうなんて恥もいいとこだ。それも女の前で。カウンセリングルームのソファに座らされた恭介は、むっつりとタオルを被ったまま、手当を受けていた。

おまけに、二万円もした新品のシャツと、親父のところから無断で拝借してきた二五〇ccのカワサキがおしゃかだ。シャツはともかく、バイクはマズった。カウルが吹っ飛んでスタンドもイカれてた。ただでさえ無免許。保険もきかないってのに。

「ひょっとして、さっき表で派手にコケたのは君？　すごい音がしたけど。自分でコケただけ？　他に怪我人は？」

「ねえよ。……マンホールの水溜まりでスリップしただけだ」

「不幸中の幸いね。うちの息子もこの頃免許を取るって言い出してね。こんなの見ちゃうとますます賛成できなくなるなあ……骨折はしてないようだけど、後で病院で診てもらいなさい。レントゲン撮ったほうが安心だから」

「あんたも医者だろ？」

「医者は医者でも心の医者。インターン時代以来、この十数年、メスは握ってないわね。針も鋏も裁縫道具だけ。コーヒーをどうぞ。温まるから」

手渡された色気もそっけもない白いマグカップは、杉浦自身によく似ていた。小柄で化粧っけはなく、肩までの艶《つや》のないおかっぱ。グレーのシャツとシンプルなパンツは、どっちも一昔前のデザイン。スーパーですれ違ったら、くたびれたただのオバサンだ。

そんなオバサンに、気がついたら洗いざらい喋っていた。

彼女は穏やかな物腰と明快な口調で、混乱して前後したり、つかえつかえになる恭介の話に、鷹揚《おうよう》に頷いたり時々質《ただ》したりしながら、筋道を正してゆき、手当が終わる頃には朔夜との馴初《なれそ》めから、妙子《たえこ》の旦那《だんな》のことまで打ち明けてしまっていた。けどいくらなんでも、サクヤとのセックスのことまで喋ったのはいきすぎだった気がする。

「いいえ、話してくれてよかった。週二回、六十分ずつのセラピーを一ヵ月……まだまだデータが少なかったから、治療の参考になるわ」

「……あんた、なんとも思わないのか？　男同士っての」

「どうして？　わたしの友達にもゲイの男性がいますよ。女性もね。とてもすてきな人たちだし、大切な友人よ。……顔色がよくないわね。痛む？　鎮痛剤をあげましょうか？」

断った。右腕の痛みはじくじくと大きく脈打ちはじめていたが、そんなものを飲んだらソファから立ち上がれなくなる。昨日も今日もろくに眠っていない。服も昨日から着たきりスズメで、さすがに臭いはじめている。

食事は昨夜ファストフードで詰め込んだきり。それも朔夜のマンションの出入りを睨みながらのめしで、なにを食べたか、まったく記憶になかった。熱いコーヒーが空の胃袋にしみ渡る。

「朔夜くんの行方《ゆくえ》についてだけど、残念ながらわたしにもこれといった心当たりはないの。緊急の連絡先として電話番号を二つ聞いているんだけど……ひとつはお父さんの携帯。かけてみたけど、電源が切られてる」

「もうひとつは」

「アメリカ。ニューヨーク市内。知ってる？」

「ニューヨーク？　いや……」

そんな話は聞いたこともない。

「そう……。とにかく、朝まで待ちましょう。それでもし帰ってこなかったら、わたしから警察にお願いします。保護者には事後承諾になるけど、この際しかたがない。こうしてる間に帰ってくるといいんだけど……もう一度電話をかけてみるわ」

恭介はうっそりと首を振った。

「人に頼んで見張ってもらってる。マンションの明かりがついたら、おれの携帯に連絡が入る」

「用意周到ねえ。でも少なくとも、最悪の事態については心配いらないと思うわよ」

「なんでそんなことわかる」

「ひとつは、朔夜くんには自傷をする理由が見当たらないこと。もうひとつは、彼の交代人格は主格《ホスト》を――つまり、普段の朔夜くんを肉体的に傷つけたりしないということ。実をいうと以前、朔夜くんは自殺を試みて、その度に交代人格に邪魔されてるの。ましてホストが入れ替わっている状態なら、自殺の可能性はないはず」

「けどあいつは……人を傷つける」

雨が暗い窓を叩いている。雨。あの日も激しい雨だった。

嫉妬に狂って、妙子を公園の階段から突き落とそうとしたサクヤ。――あのときは、たまたまブレーキがかかった。突き落とすはずだった妙子が、先にまり子を突き落としたから。でもあれは百万に一度の偶然だ。もし、また妙子に憎悪が向いたら。

ゾッ…と背中の産毛が逆立つ。

それだけじゃない。サクヤに意識を乗っ取られたまま、二日も三日も家に戻らないとしたら、身を寄せている先はおそらく――男のところだ。

かつてサクヤには三十人ものセックスフレンドがいた。いや、かつて、なんて昔のことじゃない。ほんの数ヵ月前まで。その内の一人か、この間の医者のような行きずりの男か……誘惑して二、三日身を隠すことくらい、サクヤなら造作もないだろう。二、三日どころか、あいつの気がすむまでいつまででも。今頃も、もしかすると……。唇を噛み締めた。心臓がチリチリと焼けるようだ。

――あいつはケダモノなんだ。

ずっと、あの人は怯《おび》えていた。サクヤに意識を乗っ取られている間の、欠けた記憶に。自分ではない自分が存在していることに、苦しんでいた。

知っていたのに。あの人の苦しみを、おれが一番間近で見ていたはずなのに。

「……おれのせいだ」

恭介はきつく握りしめた両手を、額に押し当てた。

「おれがあの人、追い詰めた……」

「いいえ。誰かのせい、ということはない。問題なのは、交代人格を作り出してしまう朔夜くん自身の資質なの。あなたは交代人格を呼び出すきっかけを作っただけで、もっと根本的な問題が他にある。それを突き止めなければ、もし元の人格が戻ったとしても、また同じことをくり返すだけ。あなたが自分を責めることはないのよ」

杉浦は、励ますように恭介の背中を撫《な》でた。

「考えてみて。あなたはなぜここへ来たの？」

「決まってんだろ。あの人を捜すためだ」

「そう。捜し出して、それから？」

「……それから……？」

穏やかな声が、静かに尋ねる。

「朔夜くんが見つかったら、あなたは、どうしたいと思っているの？」

「……謝りたい」

「謝るの。なにを？」

「あの人を……苦しめたことを」

呻《うめ》くように、恭介は言葉を吐き出した。

「自分ばっかりあの人のこと想ってるのがつらくて、当てつけに他の女見せつけてっ……朔夜さんが苦しんでるのわかってたくせに、おれは、自分のことばっか、考えてた。別れようなんて心にもねえこと云った。……引き止めてほしかったんだ。追っかけて縋《すが》りついてほしくって……ただ困らせたかっただけだった。ばかだよな。甘えてたんだ。あの人に。好きなんて口ばっかで……あの人がどんな気持ちでいたのか、ちっとも考えてやれなかった——最低だ、おれは」

「そうかな。あなたは自分からここへ来たじゃない。自分の過ちに、自分で気付いた。それはとても意味のあることですよ。——じゃあ、朔夜くんは、どうかな。謝ったら許してくれると思う?」

「わかるかよ、そんなの! そんなの、どうだっていいんだ、許してもらえるかとか、そんな問題じゃねえんだよ。ただっ……」

樋口。

甘く、囁《ささや》くようなテノール。

瞼《まぶた》の裏に蘇《よみがえ》る。やわらかい白い花びらみたいな微笑。

「ただ……」

「……どうしても、取り戻したいんだ。……あの人を」

あの人を——おれの、朔夜さんを。

あの人が眠っているという暗闇を、この手で掻《か》き分けて、救い出したい。それができなければ、おれは、あの人に謝ることだってできないんだ……。

「……さすが、プロだよな」

恭介は深い溜息をついて、背もたれに寄りかかった。不思議に、肩の力が抜けていた。

「なんか、先生に喋ったら、頭ん中のぐちゃぐちゃがスッキリした」

「あんたから先生に昇格できて光栄だこと。楽になったのはね、言葉にすることで、自分の気持ちを客観的に見つめ直すことができたからですよ」

杉浦は恭介の背中を軽く叩いた。立ち上がってコーヒーを淹《い》れ替える。

恭介は初めて落ち着いて室内を眺めた。

精神科のカウンセリングルームに来たのは初めてだが、病院というよりカフェみたいだ。明るいミントグリーンの壁に、座り心地のいいソファ、白木とガラスのキャビネット。大きく取った窓。患者に話をしやすくさせるための工夫なのだろうか。

杉浦は自分のカップを持って、恭介の向かい側に座り直した。

「正直云って、クライエントの身内以外にセラピーの内容を打ち明けるのは、医師として躊躇《ためら》いがあります。けれど、あなたが彼の交代人格に接触したことのある貴重な第三者であること、なによりも朔夜くん自身が、あなたを強く信頼していること……その二点を熟慮して、あえてお話をします。愉快でない部分も多いでしょうけど、どうか、朔夜くんのために力を借してちょうだい」

「めんどくさい前置きは抜きにしようぜ、先生」

恭介は湿ったタオルを頭からずり落とした。上目に杉浦を見つめる。

「こっちの肚《はら》はもう決まってるんだ。……なんだってするさ。あの人を取り戻すためなら」

「了解。ところで、解離性同一性障害について、勉強したことは？」

カッコつけた顔のまま、恭介はう、と詰まる。

「……まあ、……ちょびっと。入院中にセンセの本を一冊……」

買ったものの、二ページも読み進まないうちに爆睡。枕の下に敷くようになって、退院のときにはどこかになくしてしまっていた。実をいえばガキの頃から、夏休みの課題図書もまともに読んだためしがないのだ。

「それじゃまず、基本的なことを説明しておくわね。解離性同一性障害——いわゆる多重人格、ＤＩＤと呼ばれる症状には、オリジナル、ホスト、そして交代人格があります。ホストというのは、その体の主格、つまり最も長い時間、表に出ている人格のこと。つまり普段の朔夜くんね。オリジナルというのは、生まれたときのままの、本来のその人自身のこと。そして、あなたが会ったもう一人の朔夜くんのことは、交代人格と呼びます。患者さんによっては、第三、第四の交代人格がいることもあるけれど、いまのところ彼には第二の人格だけのようね」

杉浦は落ち着いた声で話をはじめた。

「この病気の90％近くが、幼児期になんらかの虐待を受けたことが原因だといわれています。

小さな子供が親から日常的に暴力を受ける。逃げ場がなく、また子供は大人よりずっとストレスに弱い。そうすると、こう思うことで苦痛に耐えようとする子供がいるの――『ひどいことをされているのはぼくじゃない』『ひどいことをされてるのは、別の子だ』……つまり自分の中に『誰か』を作って、つらいことは全部その子に背負わせてしまうのね。虐待されている間、本人は眠っていたり、『その子』を横からぼんやり眺めていたりする。もちろん虐待されているのも、痛いのも実際には本人なんだけれど、心と体を切り離すことによってストレスに耐えようとする。この病気の原点は、こうした精神的逃避だと考えられています。そして虐待された子供の『生き残りのテクニック』でもある。ある患者は、もしＤＩＤにならなかったら、自殺するか、発狂していただろうとも云ってるわ」

「ちょ、虐待って……まさか、朔夜さんも……？」

「いえ、それは不明。カウンセリング中にもそういう話は出てこなかった。ただ、統計的にいえば、可能性は非常に高いわね」

「……………」

組んだ手の平がじわっと汗をかいた。

半月前。夕食のテーブル。父子の和やかな会話。――暗い影なんか微塵《みじん》もなかった。ガサツだが陽気で、鷹揚な父親。社会的地位もあるジャーナリスト。あの父親が――そんな、まさか――

医師は、穏やかな声で続けた。

「家庭内暴力、ネグレクト、性的虐待。最近はニュースでもずいぶん取り上げられるようになったけれど、まだまだ氷山の一角。近親間での虐待は表面化しにくい分、実態は想像以上に根が深くて深刻なの。特に、小さい子供にとってはね、親はこの世界のすべてで、拠《よ》り所で、太陽で、神様なの。そんな絶対的な存在から、本来なら無条件に守られるはずのちいさな存在が、ほんの些細《ささい》な理由で殴られたり蹴《け》られたりする。子供にとって、それがどれほどのことか。苦しみか。……それでもね、人に虐待のことを尋ねられると、子供は親を庇《かば》う。なぜかわかる？――愛しているから。そんなにも虐げられても、それでも子供は、親を愛しているの。愛されたがっているのよ」

マグカップを包んだ両手に力がこもる。

「医者の云う言葉ではないかもしれないけれど、朔夜くんが被害者でないことを祈りたい。……切実に、そう願います」

「……おれも」

恭介は一度深く瞼を閉じた。強く両手を組む。

「おれも……そう願います」

朔夜が小さい頃そんな辛い目に遭っていたなんて、あってほしくない。

「多重人格の交代人格は、二つなら二つの、十なら十の、必ずなにかしらの意味があって生まれてくると云われています。なんの理由もなく人格が作られたりはしない。朔夜くんの交代人格は、彼が性的に興奮したときに限って、頻繁に現われている。あなたが交代人格に会ったのも、主にそういう場面だった……そうね？」

恭介は頷いた。

初めてのときも二度目も、だ。一度目は、満足すると同時にサクヤは消え、朔夜と入れ替わった。今回も同じように、目が醒《さ》めたら戻っていると思っていたのに……。

「人格が交代したままになるってことは、あるんですか」

「可能性としてはありえます。交代人格は『逃げ』の構造だから、都合の悪い問題が起きると、ホストは別の人格に問題を押しつけ、解決するまで隠れて出てこない。裏を返せば、朔夜くんが逃避した問題にこそ、この病気の原因が潜んでいるともいえるの」

「………」

「カウンセリング中、彼は性的な話題を極端に避けようとしていた。普段はどう？　そういう傾向はない？」

「そういえば……。けど、単に下ネタが苦手なだけだろうと思ってた」

「交代人格は、嫉妬や憎悪、マイナスの感情を司《つかさど》るのが自分だと、そう云ったのね。そして朔夜くんは、あなたのことは好きだけど、セックスはしたくないと」

「はい」

「だとすると、やはり朔夜くんは、セックスをマイナスの感情、行為であるととらえている可能性がありそうね」

気が重そうな瞬き。

「これはあくまで仮説だけれど、朔夜くんの交代人格は、性的虐待からの逃避のために作り出されたもので、彼の中には、幼児期の性的なトラウマがあるのかもしれない。十四歳のとき初めて別の人格に気がついたそうだけれど、もっと小さいときに前兆があったはずなのよ。この病気は、想像力が豊かで人格が発展途上な、空想の世界に逃げ込みやすい子供にもっとも発症しやすく、十歳になるまでには最初の人格分離があるといわれているの。たぶん朔夜くんも、幼児期に発症し、その後環境が変わるかなにかしてしばらくの間は交代人格のことは忘れていた……いいえ、別の人格を眠らせていた。それが、あの事件が引鉄《ひきがね》になって、再び呼び起こされてしまった……」

「あの事件？」

「十四歳のときの事件。その話は、彼から？」

「なにも。あの人、自分のことはほとんど喋らないから——なにがあったんですか」

「……………」

恭介の食い入るような視線に、女医はわずかに躊躇《ちゅうちょ》して、人差し指で眉間《みけん》をかいた。溜息と一緒に吐き出す。

「つまり……性的ないたずらをされたの。当時隣に住んでいた男性に。このことは彼の父親も知らないそうよ。いえ、そもそも朔夜くんはここに通っていることもお父さんに打ち明けていないのよ」

「って……でも治療費とか」

「彼の自由になるお金がかなりあるらしいの」

「なんで先生から話さなかったんですか。連絡先くらい知ってるんだろ？」

「彼が自分から話すという約束だったのよ。こちらには守秘義務があるし、それに、セラピーはクライエントとの信頼関係を築くことが第一なの。約束は破れない」

「無責任だろ！　虐待がもしほんとだったら⁉　野放しにしとくつもりかよ」

「何度かカウンセリングした限りでは、朔夜くんから父親に対する憎しみは感じ取れなかった。父親が原因である可能性は低いと考えていたの。母親は小さい頃に亡くなって記憶もない。仲が良かった祖父も他界、父親は仕事で留守がち。こういうケースでは原因は家庭内じゃなく、第三者が関与している可能性が高い……でも、交代人格がマイナス面の感情を支配しているのなら、父親への憎悪もそっちが引き受けているのかも……」

マグカップを指でコツ、コツ、と叩きながら、考えに耽《ふけ》ってしまう。恭介はしかたなく口を閉じた。生乾きの髪が冷えて、頭痛がした。

カップを叩く音がやみ、杉浦の視線が再び恭介の顔を向いた。

「日本ではまだこの病気の存在を疑問視する医師も多くてね、治療法もほとんど確立されていないの。別の病気と誤診されることも多くて、わたしも今日あなたから話を聞くまでは、診断にもう少し時間をかけようと」

「治療法がない、って……治らないのか⁉」

「いいえ、確立されていないことと、治療法がないことはイコールではありません。熟練した医師がセラピーを継続すれば、治癒率は非常に高い病気です。ただ問題なのは、最初に云ったように、患者自身の資質でね。分離した人格をひとつに纏《まと》めるのがセラピーの最終目的なのだけど、ＤＩＤの患者は、問題に直面すると別の人格を作り出してしまう癖がついてる。そのため約半数近くが十年以内に再発してしまうの。そこで最近では、統合よりも共存という考え方が主流になっているわ」

「共存……？」

「分離した人格を無理に纏めたりせずに、社会生活に支障のないレベルまでコントロールできるように訓練するの。これはそれぞれの人格が抵抗を感じにくく、協力を得やすいという利点があって……」

「待てよ。利点もなにも、支障大アリじゃねえか」

ガツン！　とマグカップをテーブルに叩きつける。

「共存なんかできっこねえだろうが。サクヤがどんなやつか、あんたわかって云ってんのか！

サクヤのことが受け入れられないから、あの人はずっと苦しんでたんだ。自殺まで思いつめたんだろ⁉　それが……支障がないだ……⁉」

「支障がないように、コントロールできるようにするのよ」

子供に云い聞かせるように、杉浦は云った。

「間違えないで。交代人格は、あくまで朔夜くんの一部です。たとえ普段の彼からは考えられない行動を取ったり、その間の記憶がなかったとしても……人を傷つけたり、セックスに溺《おぼ》れたりしても、それは朔夜くんが心の奥底でそれを欲した結果なの。ホストはあなたとのセックスを拒むのに、別の人格ではあなたとセックスをする——それはね、心の底で、朔夜くんがそれを望んでいるからなのよ。たとえあなたや、本人がいくら否定したとしても、ホストも交代人格も、どちらも草薙朔夜という、一己の人間なの」

「んなことわかってる」

「いいえ、わかっていない。朔夜くんを救うためには、まず、朔夜くんの人格の一部であるもう一人の彼をきちんと認識し、理解することが必要です。そしてコミュニケーションを取ること。別の人格が生まれた理由を突き止め、解決すること。それができなければ、朔夜くんは一生眠ったままかもしれない。——心の中にこしらえた、温かくて心地のいい、繭《まゆ》の中で」

「………」

打ちのめされたように黙り込んだ恭介を、女医は静かな眼差しで見つめている。

頭痛がやまなかった。

腹からせり上がってくるあれこれの感情がいまにも爆発しそうなのに、恭介の顎は鉛で塗り固まったように重く、喉《のど》は石が詰まったように、一言も発することができなかった。

「もちろん、朔夜くんの希望によっては、人格を統合する方向も考えていきます。統合より、融合……といったほうがわかりやすいかしらね？　ちょうど水と油に分かれたドレッシングを振って混ぜ合わせるように、分離していた人格が混ざり合ってひとつになるの。その場合、普通はホストが新たな人格のベースになります。ただ、忘れてはならないのは、必ずしもホストがオリジナルと同一とは限らないということ。朔夜くんにも、少なからずその可能性がありますす」

「オリジナル……？」

胡乱《うろん》げな恭介に、つまりね――と、女医はきわめて冷静に云った。

「あなたとわたしが知っているあの朔夜くんも――ひょっとしたら、交代人格のひとつかもしれないのよ」

2

頬杖《ほおづえ》をついたまま、結構な時間うつらうつらしていたらしい。一時間おきにコーヒーを注ぎ足しにくるウエイトレスが、気がつくと、ポニーテールの女子大生風からショートヘアの若妻風に変わっていた。

ハッと跳ね起きるようにして窓に飛びつき、目を凝らしたが、六階の窓は変わらずに静まり返っている。ほっとして、次にガッカリして、恭介はベタついた髪からヘアバンドをむしり取った。

時計を見ると、午前七時過ぎ。新興住宅街、駅前の通りに面したファミリーレストランは、モーニング目当てのサラリーマンでいっぱいだ。外はしっとりとした霧雨。朝から空はどんよりと暗く垂れ込め、車道沿いに一列に並んだ小売住宅は、どの窓も明かりがついている。

通りの奥に建つ一棟のマンション、六階の南東角部屋を除いては。

カーテンは開けっぱなしのまま、一度も明かりはつかず、人が出入りする気配もなく。ついに四度目の朝を迎えた。

ということはつまり、恭介が根が生えたようにこのテーブルにへばりついてから、丸三日がたつわけだった。そろそろ店長が、滞在何度目かの精算を申し込みに来る頃だろう。座りっぱなしで腰と背中が鉄板みたいにカチカチだ。顔は無精髭《ぶしょうひげ》でざらざらするし、胃はコーヒーの飲みすぎでムカムカする。疲労もピークに達していた。

携帯電話のバッテリーが残り少ない。バッテリー切れの前に、とこの数日間でもう何度かけたかわからないナンバーをもう一度呼び出す。呼び出し音。そしてすぐに留守番電話のテープに切り替わる。

「樋口です、電話ください」——愛想もへったくれもない声で吹き込むのも何度目か知れない。携帯電話は朔夜のも父親のほうのも、相変わらず「電源が入っていないか、電波の届かない所に」のメッセージだ。

打てる手はすべて打った。サクヤが出没しそうな店やホテルに写真を配り歩き、警察には一昨日の昼頃、杉浦から捜索願いが出されたが、それっきり音沙汰《さた》なし。当然といえば当然だった。渋谷をフラフラしてるプチ家出の連中とはわけが違う。自発的に、それもどっかの金持ちのオヤジに匿《かくま》われているだろう朔夜を、そう簡単に捜し出せるわけがない。

ダメもとで父親が関わっている出版社にも連絡してみたが、一度行方をくらましたら捕まえられないという、渋い返事。明日の朝までに父親とも連絡がつかなければ、ニューヨークにいるという知人に電話を入れることになっているが、

——こちらに連絡するのは、生命に関わるような大事のときだけにしてくれと頼まれているのよ。

クライエント（とセラピストは患者を呼ぶらしい）との信頼関係になにより重きを置く女医が渋るまでもなく、恭介はそっちもあてにしていなかった。遠くの親戚より近くの他人。ましてや遠くの知人なんか頼りにできるわけがない。

放り出すように携帯をテーブルに置き、目の上に冷たいおしぼりを載せて脱力していると、外から誰かが、コンコンと窓を叩いた。

アップにしたアッシュブラウンの髪、赤いデニムジャケットにピンク色の超ミニスカートというなりの美女が、真っ赤な傘を差して手を振っていた。

「ごっめーん、遅くなって。麗奈《れいな》ちゃん、今日常連さんと伊豆でゴルフだから、菜々子《ななこ》が代わりに持ってきてあげたよ。はいコレ、着替えとぉ、髭剃《そ》りとぉ、携帯のバッテリーとぉ、暇潰しの漫画とぉ、あとこれ膝掛《ひざか》けだって。ここ冷房効いてるからね。あとこっちが銀行で下ろしてきたお金。キャッシュカードと明細書も入ってるよ。あーもう、脚に泥はねた。外寒いよお。もー七月なのにさ、なーんか風邪ひきそ」

傘から雫をぽたぽた垂らしながらやってきて向かいの椅子に腰かけた菜々子は、大きなバッグをテーブルの上で逆さに振って目当てのものを並べ、恭介のコーヒーを勝手に飲みはじめた。いつもの水商売メイクをすっかり落とした顔は、十代の少女のように幼い。お冷やとメニューを運んできたウエイトレスから、傘は入口に……と窘《たしな》められ、うるさそうに唇を突き出す。

「わかったわよ、すぐ帰るってば。あ、メニューもいらない」

「なんか頼めば。お礼に奢《おご》るよ。朝めしまだだろ?」

「んー。でも美月《みつき》ママから、長居しちゃダメって云われてるんだよね」

カップを両手で持ってコーヒーを啜《すす》りながら、菜々子は肩をすくめる。

「一人っきりにしとけば、寂しさに耐えられなくなってさっさと切り上げてくるだろーって。……でも食べちゃおっかなあ。プリンアラモード」

「……朝めしだろ?」

「いいじゃん。菜々子、朝から血糖値上げたいヒトなの。おねーさーん、ビッグ・プリンアラモードひとつぅ、あとコーヒーのお代わりね!――で、どーよ?」

「変化ナシ」

「……目ぇ真っ赤だよ」

「寝てねえし」

「そか。ひっどいヤツだよね、その男。恭介くんのオンナ寝取って、ネズミ講にハマらせて三百万円も巻き上げてオンナとトンズラこくなんてさっ。絶対とっ捕まえてブチのめしてやんなきゃね!」

どんっとテーブルを叩く。恭介は目を丸くした。

「……ネ、ネズミ講? 三百万?」

「ちがうの？」

誰が流したデマだそりゃ……。どっと疲れを感じつつ、ニットのヘアバンドで前髪を纏める。

「でも意外。案外落ち着いてんだ？　もっとヘコんでるか、手がつけらんないくらいピリピリしてるかと思ってた」

「……………」

「今日で四日目だっけ。戻ってくるまでずーっとここで粘るの？」

「まーな……。あの窓見えて時間潰せるのここだけだし」

「……お風呂どうしてんの？」

「トイレで体拭《ふ》いてる。さすがに頭痒《かゆ》いけど。……あ、そのおしぼり、さっき足の指拭いたやつ」

「げっうそっ」

「うっそー、ひっかかったー」

「むうっかつくー！　あ、昨夜お父さんからお店に電話あったよ」

「親父から？……なんて」

「バイク。神宮前《じんぐうまえ》で事故ったでしょ。ケーサツから、盗難車じゃないかって問い合わせがきたんだって。もー美月ママ、カンカンだったよ。この無免許ボーズが！　そんなに死にたきゃ勝手に死ねッ！……って。今日ゴルフがなかったら一発蹴り入れに来てたかも」

「セーフ……ゴルフで助かった」

「でもママ、涙目だった」

すっぴんの幼い顔から、すっと笑みが消えた。見たこともないような力のこもった目つきに思いがけず不意をつかれ、恭介は軽口を飲み込んだ。

「あんまり心配かけちゃだめだよ、恭介ちゃん。ただでさえ退院したばっかかなんだからさ……麗奈ちゃんなんか、バイクで事故ったたって聞いて気絶しそうになってた。その怪我、どっかにぶつけて切ったたって嘘ついたでしょ」

反射的に、右肘の包帯を押さえた。一昨日、ここへ呼び出した麗奈の心配そうな顔を思い出す。

「……心配かけちゃ悪《わり》ィと思ってさ」

「よっけー心配するってば」

「ごめん。後で二人には謝るよ」

「うむ。よろしい。素直が一番」

と偉そうに頷き、運ばれてきたプリンアラモードの生クリームをぱくりと頬ばる。おーいしーい、と唇を突き出すガキみたいな笑顔。そういえば、菜々子の本当の年齢を恭介は知らない。

実際、おれは、知らないことだらけだ。

煙草を咥《くわ》え、携帯電話のバッテリーを入れ替えて、ぼんやりと向かいのマンションを見上げる。

二ヵ月前の火災の後、外壁はすでに塗り直され、きれいなクリーム色に戻っている。何種類かのグリーンが放置され、小雨に濡れる広いベランダ。窓の両脇に纏められたままのカーテン。

あのダイニングルームで賑《にぎ》やかに夕食のテーブルを囲んだのは、ほんの半月前。ベランダのグリーンは朔夜の趣味で、近所の主婦が持て余した胡蝶蘭《こちょうらん》だのベンジャミンだのを引き取ってきては生き返らせ、株分けして持ち主に返すので、その礼やら、「奇跡の緑の手」の噂を聞きつけて持ち込まれた枯れかけた鉢やらがひしめいているのだと、苦笑いしていた父親。そのうち盆栽もいじってみたいとにこにこしていた朔夜。そんな趣味があったことも知らなかったおれ。

知らないことばかりだ。ニューヨークにいるという知人。隣人のいたずら。——あの人の子供時代。

どこで育ち、亡くなった母親はどんな人で、味覚障害の原因になった薬害とはなんだったのか、いつ頃のことなのか。そして——

虐待。

コーヒーで荒れた胃がキリキリと締めつけられる。

なにもかも、テレビの中の出来事だと思ってた。多重人格、薬物中毒、幼児虐待。——遠い場所の、知らない誰かの話だと。そう、思ってた。犯罪被害者という言葉に、自分が腹を刺されて血まみれになって転げ回るまで、まるで実感が湧《わ》かなかったように。

幸い生来の図太い神経のおかげで、今のところ恭介に精神的な後遺症は出ていない。話に聞くフラッシュバックってものもない。強いていえば警察の現場検証に立ち合って事件を再現し、犯人役の刑事が刃物を構える格好をしたとき、ひやりとして、嫌な汗をかいた程度だ。

それもいずれは、傷が薄くなるとともに消えていくだろう。——だが、朔夜は。

握りしめた拳《こぶし》の内側が、じわりと汗ばんだ。

「夕方まで代わってあげようか？」

レース細工みたいなりんごをシャクシャクと齧《かじ》りながら、菜々子が、テーブルに身を乗り出して云った。

「何日もろくに寝てないんでしょ？　すっごい顔色だよ。家帰ってお風呂入って、夕方まで寝ておいでよ。お店の出勤時間までに戻ってきてくれればいいから」

「サンキュ。でもだいじょうぶ。座ったまんまでもちっとは寝れるし」

「でも髪の毛ひどいし。ベッタベタじゃん。……なんか、ちょっと臭うし」

「……臭う？」

「臭う。百年の恋も冷めるってカンジ。あんまり汚くしてると、お店追い出されちゃうよ？」

「……」

「六階のあの窓でしょ？　まかせなさいって。菜々子がちゃんと見張っててあげるから。誰か来たらすぐケータイ鳴らすよ。だから安心して、おうちでゆっくりお風呂入って寝ておいで。そんなんじゃ、彼女が戻ってきても振られちゃうぞ」

「……」

「なに？　急にブルー入っちゃって」

「……いや」

スプーンを咥えて首を傾《かし》げる菜々子になんだか顔を見られたくなくて、恭介は、上を向いてソファの背もたれに後頭部をくっつけた。ヘアバンドを鼻までずり下げる。乾き切った目の奥がヒリヒリと痛んだ。

「……なんかさ……情けねえよな、おれ……。麗奈にも菜々子にも迷惑かけて、美月さんに心配かけて……男のくせに、女の世話にならなきゃなんにもできねえのかっつうの……」

人妻の金で昼間からホテルにしけ込んで、学校サボってふらふら女のとこ泊まり歩いて、美月のマンションに転がり込んでまた勝手に飛び出して、ホステスに着替え運んでもらって、おまけにここで飲み食いしてる金は母親の稼ぎ……って。女におんぶにだっこじゃねえか。我ながらあきれ返る。どうしようもねえ。だらしねえ。情けねえ。……くそ。やばい。鼻の奥までツンとしてきた。

「そーだね。みんな云ってるもん。恭介殺すにゃ刃物はいらぬ、三日女がいなきゃいい、って」

ソファから半分ずり落ちかけている恭介に、菜々子がケロリととどめを放つ。

「里美《さとみ》さんが云ってた。幼稚園のセンセたらし込んでおやつを余分に貰《もら》ってるの見たとき、あ、この子の人生は決まったな、って思ったって。三つ子の魂ってやつ？」

「……ほっとけ……」

「でもさ、借金も財産のうちっていうじゃん？　銀行だってマチ金だって、絶対返せないようなやつには一円だって貸さないんだよ。借金できるうちが花、世話焼いてくれる女がいるうちが花だよ。よかったね、かっこよく生まれてきて。短足でチビでデブでぶっさいくで脂ぎってるアニオタだったら、だーれもハナも引っかけないもんね。お金も車もないし高校生だし、恭介ちゃんから顔と身長取っちゃったら、なーんも残んないもんね。ゼロだよゼロ。あ、マイナスかも？」

恭介はちらっと目の上の布を持ち上げた。

「……慰めてんのか？　それともけなしてんの？」

「やっだー、励ましてんじゃん。あ、やっぱりモーニング食べよっと。すみませーんメニュー。あとお冷やお代わりぃー。でもよかったじゃん。自分がどんだけ情けないかってことがわかっただけで、進歩進歩」

「ああ。女は偉大だ。すげぇよ。感謝します」

「そーそー。大事にしなきゃバチが当たるよ。入院中だって、お見舞いに来てたの女の人ばっかだったじゃん？　それもすんっごいきれいなヒトばっか。モデルでしょ、女医さんでしょ、社長秘書でしょ、学校のセンセに芸者さんにホステスにCAに女子大生にぃ、あ、あの証券会社の人」

「ああ……深雪《みゆき》さん？」

「あの人有名なファンドマネージャーなんだって？　こないだお店に接待で来たよ。恭介ちゃんも人脈広いよねえ。ふつー高校生の男の子にそんな知り合いいないよぉ？　病院の看護師さんが、お見舞い客に整理券配ったの初めてだってあきれてた。――あ。だからネズミ講に目をつけられたんだよ！　すんごくいいカモだもんねっ」

矯《た》めつ眇《すが》めつ、子細に検討していた朝食メニューから目を上げ、ふーと溜息をつく。

「菜々子もそれくらい太いお客さんついてくれたらなあ……いま頃チーママだぁ」

「……そうか……」

「え？」

「それだ！」

やにわに大声を上げて立ち上がった恭介に、菜々子も周りのテーブルもウエイトレスも、目を丸くして注視した。店中がシンと静まり返る。

むしり取ったヘアバンドを左手で握りしめ、恭介は、天啓を受けたモーゼの如《ごと》く、茫然《ぼうぜん》と宙を見つめた。

そうだ……それだよ。あるじゃないかおれにも。金も地位も車もないが、たったひとつ、自慢できる財産――

「くそっ……なんでンな簡単なことに気がつかなかったんだ――菜々子！」

「な、なに」

「ありがとな。おれの奢りだ。これでモーニングでもプリンでも好きなだけ食ってくれ！」

「う、うん――ねえどーしちゃったの、いきなり。なんなのよ、ねえ！」

携帯をひっつかみ、矢のように飛び出していこうとする恭介に、菜々子が握らされた福沢諭吉をあわあわと振り回す。

霧雨の中、自動ドアが閉じる寸前、ほんのついさっきまでへばりついていた自己嫌悪も卑屈さもきれいさっぱり吹っ飛ばした、いつものふてぶてしい顔つきで、恭介はゆっくりと振り向き――云った。

「ネズミ講だ」

幸い、深雪はまだ出勤前だった。

「つまり、このきれいな男の子の写真を、この携帯に入っているメールアドレス全てに送信しろと。そういうことね？」

「ああ。頼む」

洗い髪をいい匂いのするタオルで乱暴にこすりながら、恭介は、書斎のデスクに尻をのせて、パソコンの液晶画面を覗き込んだ。

スキャナで取り込んだ制服姿の朔夜が、十センチ角の枠の中で微笑《ほほえ》んでいる。

「身長は一七七センチ、痩《や》せ型。髪と目は黒、私服だとイメージが違うかもしれない。このメールを受け取ったら、できるだけ大勢の人間に見てもらいたいんだ。ブログにアップしようと、どっかの掲示板に貼りつけようと構わない。その代わり、この人を見つけしだい、すぐにおれに連絡が欲しい。メールでも電話でも、夜中でも構わない。その場で、ただちにだ」

「それにしても、すごいアドレスの数ね。これ全部、女性？」

「ああ。主婦OL女子大生、女実業家、ホステスから美人ファンドマネージャーまで三百六十二人」

目の前でからかうようにヒラヒラと振られる携帯電話を、恭介は指先でコツンと弾いた。

「おれの、唯一の財産だ」

「メールを受け取った各人が一通ずつ誰かにメールしたとして七百二十四人。二人ずつなら千四百四十八人。年齢も職業も多岐に渡っている……なるほど。このネットワークは、確かに貴重な財産といえるわ」

ゴールドフレームのインテリチックな眼鏡を外しながら、深雪は椅子をくるりと回転させた。七三に分けて撫でつけたショートヘア。小柄だが、頭が小さくて、均整が取れたスタイルは惚《ほ》れ惚《ぼ》れするほどだ。

初対面のとき、そう素直な感想を口にすると、彼女は百万回も聞き飽きた、というふうにチラリと眉《まゆ》を上下させただけだった。証券界の「鉄の女」。彼女からその鉄面皮が剝《は》がれるのはベッドの中だけだ。

朝八時前に、シャツの色が変わるほど霧雨に濡れて、アポもなくマンションを訪ねてきた恭介の無精髭と垢《あか》まみれのひどい姿にも、まったく顔色を変えなかった。タオルと使い捨ての髭剃りを握らせて玄関からバスルーム直行を命じ、用意された真新しいシャツと下着に替えて風呂から上がってきた恭介が耳の裏側まで洗ったのを確認する間も、朔夜の写真をスキャナにかけ、恭介の云うままメールの文章を組み立てていく間も。

「それにしても、写真を加工してメールで送信するのくらい、自分でやれるでしょう。パソコン持ってないの？」

きゅう、と恭介は逞《たくま》しい肩をすぼめた。

「おれの機械オンチ知ってるだろ……。パソコンどころか、洗濯機だってこないだ使い方覚えたばっかだし」

「使えない男ね。それくらい覚えなさい。むだにカロリーを消費しているだけじゃ、ウドのなんとかよ」

自分が面食いだって自覚はあったけど、おれってひょっとしてキツイ女が好みなのかな。

――と、恭介はぼんやりと考える。その間に鉄の女は、恐るべきスピードでタイプしたメールを、どこかへ送信した。

「……夢のようにきれいな子ね」

そして再びモニターに現われた朔夜の写真に、温度の感じられない声音で感想を述べた。

「この人が誰か、聞かねえの？」

「余計なことを詮索《せんさく》しないってわかってるから、ここに来たんでしょう？　それと自宅にパソコンやスキャナがあって、近場だった。そんなところ？」

「深雪さんなら、どんな理由でも力を貸してくれるって思ったから。頭が良くて、困ってる人間に冷たくできない人だから。三百六十二人の中で、そんな人は深雪さんしかいない」

鉄の女はあいかわらず無表情にモニターを見つめている。だがその耳朶《みみたぶ》は、うっすらと赤く染まっていた。

「たぶんすぐに反応があるわ。これだけきれいな子、一度すれ違ったらまず忘れない……

霞《かすみ》を食べて生きてるんじゃなければ、カフェなりコンビニなりに出入りする。絶対に誰かの目に留まってるはずよ。女っていうのは、きれいな生き物に吸いよせられるから。いいところに目を付けたわね」

「深雪さんのおかげだよ。おれ一人じゃなにもできなかった。なにしろウドの大木だからさ。ほんと、恩に着る」

「当然。無料でこのわたしのサービスを受けられると思ったら大間違いよ。わたし、飢えてるの。――ああ、おはよう。すまないけど私用で三十分出勤が遅れます。午前中の案件はさっき指示書を送ったから、よろしく」

電話で秘書にてきぱきを指示を送りつつ、フリーの画像アップローダーにアクセスする。次にメールを一通、送信。すぐに恭介の携帯が着信した。開くと、「ＷＡＮＴＥＤ」のタイトルで、ＵＲＬが書かれたメールが一通。

「そのＵＲＬにアクセスすれば写真が見られるようになってるわ。恭介の携帯では画像添付ができないし、受信側も機種によってはエラーになるかもしれないから。このＵＲＬをさっきの文面と一緒に全アドレスに一斉送信する」

「あったまいい、さすが」

「これくらいで感心されてもね。貸して」

恭介の携帯電話を手に取り、送信メールを準備しながら、デスクに尻をのせて髪を拭いている恭介をにこりともせず一瞥《いちべつ》する。

「なにボケッとしてるの。九時半にはここを出るわ。時間ないわよ」

「……深雪さん」

恭介は頭のタオルを取り、デスクから尻を下ろした。

「この恩は忘れない。お礼になんでもする。……って云いたいところだけど、ごめん。おれ、ダメなんだ」

「ダメって？」

「深雪さんはすごく魅力的な女性だけど……おれもう、ほんとに好きな人としか寝ないことに決めたんだよ」

「そう。だから？」

「だから、要望には応えられない」

送信キーを押し、椅子に座り直す。背中に体重をかけられた肘掛けつきの椅子が、キ…と軋《きし》んだ。

「……ご自分のセックスにずいぶん自信を持っていたようね、ぼうや」

ぼうや、の発音に妙に力がこもっていた。

……やっちまったか。

恭介はこっそりと嘆息した。いくら自分が〈本命〉じゃないとわかっていても、男の口からはっきりそれを聞かされれば、どんな女だって少なからず気分を害するものだ。

だが、これだけは、どうしても譲れない。一度、朔夜を裏切った自分だから。だからこそ、二度はない。

「卵はオムレツにして」

「あ?」

たまご?

きょとんとする恭介に携帯をぽんと投げ返して、パソコンの画面を切り替える。眼鏡をかけ直してロイターのマーケットをチェックしはじめる横顔は、やっぱり鉄のようだ。

「飢えてると云ったでしょ。最近ダイエットで夕食を抜いてるの。朝は腹ペコで死にそうなのよ。ボケッとしてないでいますぐ朝食の準備にかかって」

「……ちょうしょく」

「キッチンはドアを出て左。卵専用のフライパンは右から三番目。出勤まであと四十六分五十一秒。以上。なにか質問は?」

……ないです。

恭介は気の抜けた間抜けづらで首を振り、指し示されるまま、なんとなく背中を丸めてすごすごとキッチンに向かった。冷蔵庫から卵とバター、厚切りベーコン、温サラダ用の野菜を取り出し、トマトスープを作る湯を沸かす。

ポケットの携帯が鳴ったのは、オムレツに添えるラディッシュにナイフで細工をしているときだった。

『来た！』

鼓膜がイカれるんじゃないかというような大声が、出し抜けに耳をつんざく。

「菜々子ぉ？　おま、声でかっ……」

『来たのっ！　来たんだってば！』

かまわず菜々子はうわずった声で叫んだ。

『部屋に明かりついた！　誰か帰ってきたよ！』


ゴツッ、という鈍い音を、耳もとで聞いた。重い石と石をぶつけて擦《す》り合わせたような、実に嫌な音だ。

玄関のブザーを押す前から、もし出てきたのが父親だったら殴り倒す、と決めていた。

果たしてドアを開けたのはのんきな顔をした父親で、それを確認した瞬間、恭介は有無をいわさず拳を繰り出し――

……それから、なにが起こったんだ？

ぽっかりと開いた目に、買ったばかりの革靴と、その爪先《つまさき》にぽたりと垂れた血が映る。目の前にチカチカ星が飛んでいる。

それが自分の足で、落ちたのが鼻血だということに恭介は気がついた。遠くから潮が満ちるみたいにじわじわと痛みがやってきたのは、その後だ。

「おいおい……ドア開けたとたんにこれかよ。日本も物騒になったもんだ」

渾身《こんしん》の力を込めた恭介の右ストレートを軽くかわして、左顔面への容赦ない一打を喰らわせた男——草薙傭《よう》は、前のめりに倒れかけた恭介の襟首を掴んで引き起こしながら、こりこりと耳の後ろを掻いた。咥え煙草。首にバスタオル。洗い髪からまだ雫が垂れている。

こんなときに、悠長に風呂に浸《つ》かってやがったのだ。それに気付いてまたむらむらと怒りがこみ上げてくる。

襟首にかかった手を掴み返し、物も云わずに振りほどいた恭介に、草薙はそこに至ってやっと、それが何者か気づいたようだった。

「なんだ、ホストくんじゃねえか。よう。こないだはうまい飯をありがとよ」

「……う……」

口を開くと、泡の混じった血がぽたぽたと溢れた。今度は恭介の靴を外れ、真っ白な大理石の三和土《たたき》に落下するのを見て、草薙が渋面を作る。

「すまんかったな、とっさで加減がきかなかった。あ、それあとで拭いとけよ。汚すと朔夜

がうるせーんだわ。――で、ぜんたい、なんのつもりだ？　あいにくホストクラブに借金作った覚えも、ぼうずのイイ子寝取った覚えもねえぞ。隣の部屋と間違えたか？」

恭介は草薙の襟首を摑んだ。頭がまだクラクラする。後ろにぐらっと倒れかける体を、腰に力をため、踏んばる。握りしめた拳にぐっと血管が浮いた。

「……えの……」

「あァ？」

「てめぇの胸に手ぇ当てて聞いてみろ、このくそったれっ……！」

「なんのこっちゃ……おいおい、靴脱いで上がれよ。ったく、近頃の若いもんはアメリカナイズされてて困るぜ」

酔っ払った蝿《はえ》のようなパンチを億劫《おっくう》そうにかわし、勢いづいて玄関マットを踏み越えどうっと廊下にぶっ倒れた恭介の体を、夜店の水風船でも釣り上げるみたいに足で引っかけ、ごろりと仰向《あおむ》けにする。

咳《せ》き込み、もがきながら尚《なお》もその足首にしがみついてくる恭介に、さすが鷹揚な草薙もこめかみに青筋を刻んだ。両腕を胸で組み、キャメルのフィルターをきつく嚙み潰す。

「いい加減にしとけ、ぼうず。おれァここんとこ取材で詰めてててロクに寝てねえんだ。仮眠取ったらまたすぐ出なきゃならん。用件は口で云え、口で」

「……だと」

恭介は懸命に息を継いだ。顔がぼわっと熱を持ちはじめ、まともに口が動かない。

「変だと……なんか変だと、思わねえのかっ……」

「あァん？」

「部屋ん中、何日も、誰もいなかったのがわかんねえのか、あんた」

「なんだと？」

「朔夜さんが何日も帰ってきてねえの、気がつかねえのかって云ってんだよ。それでもてめえ、親か！」

不意に、リビングの電話が鳴った。草薙が音の方へ首を曲げる。——留守電のチェックもしていなかったのだ。記憶をまさぐるようなその顔つきを見て、そう、気づいた。閉めっぱなしの部屋の空気の澱《よど》みも、何日もそのままの洗濯物や、ポストに溜まった郵便物や新聞にも気付かず、出先から一度も息子の様子を確かめようともしなかったのだ。

「……もし」

リビングに戻ろうとするジーンズの裾《すそ》をぐっと摑む。草薙が振り返る。横倒しになったまま、恭介は両目をぎらぎらさせて、表情を失ったその顔を見上げた。

……」

「もし朔夜さんになんかあってみろ。てめぇ、残りの人生まともに立って歩けると思うなっ
「………」

いきなり、鳩尾《みぞおち》に蹴りが入った。ゲエッと息を吸ったきり呼吸がとまり、うつ伏せで腹を抱えたまま、全身が痙攣《けいれん》した。

草薙の足音が遠ざかり、電話を取る声がした。やがて戻ってきた足音が、自分の体を跨《また》いで靴を履いて出ていったのを最後に、恭介の意識はぶつりと途切れた。

「……目が醒めた？」

病室のクリーム色の壁も、そして窓辺に佇《たたず》む彼の艶やかな漆黒の髪や、なめらかなミルク色の膚《はだ》も、夕暮れのくすんだオレンジに染まっていた。

どことなく消毒薬臭い布団の中で寝返りを打ち、曖昧《あいまい》な微笑を浮かべる彼と、その肩越しの夕焼けを、恭介はぼんやりと見つめる。——世界のどこに、こんなきれいな風景が他にあるだろうかと、思いながら。

「……いつ来たの？　起こしてくれればよかったのに」

「寝顔見てた……とってもよく寝てたから。寝言を云ってたよ。ママぁ、って」

うそ。

「うん、うそ。でも寝言は本当。枕抱えてむにゃむにゃ云ってた。……すごく幸せそうだったよ」

それ、あんたの夢を見てたからだよ。すんげぇいい夢だったもん。しだれ桜が満開で、空気がピンク色に霞《かす》んでてさ……朔夜さんが、その下に立ってるんだ。

「君は？」

おれ？　おれは朔夜さんに見とれてた。周りに誰もいなくて、二人っきりでさ……あれきっと、吉野《よしの》の桜だな。見たことある？　じゃあ今度連れてくよ。すごくきれいなんだ。朔夜さんに見せたい。

「うん……見てみたいな。いつか行こうか。……二人で一緒に」

二人っきりでだぜ？　約束。指切りしてよ。……でさでさ、その桜の下で、朔夜さんがさー。

「その先を聞くのは気が進まないな」

えええ？　なんでぇ？　この先がいーのに！

「……涎《よだれ》を拭きなさい。聞かなくてもその顔で大方の想像はつくよ。どうせストリップをはじめたとか、そういう煩悩の類《たぐい》だろ？」

そりゃー煩悩も溜まるっつうの。もう三週間も病室閉じ込められてんだぜ？　朔夜さん、チューもしてくんねーし。……でもさ……あの夢、ちょっと怖かったな。桜もあんたも、あんまりきれいで、夢みたいにきれいで……目の前でふっと消えちゃいそうで……。

……なあ。朔夜さん。手、繋《つな》いでていい……？

「………」

誰かに靴の底を蹴られて、ぽかりと目を開けると、辺りはもう真っ暗で、なにかを反射させた丸くて白い光が天井に揺らめいていた。

それはサイパンの海で見た満月を、恭介に思い出させた。ナイトダイビング。真っ暗な海面からぽかりと頭を出して、ゆらゆらと波に抱かれて眺めた青白い月を。

しかしいま横たわっているのは、しんと冷えた、無愛想な廊下の床だった。離れた通りから響いてくる車のクラクションを聞きながら、恭介のこめかみを、冷たいものが一筋すーっと、静かに伝い落ちた。のろのろと持ち上げた手でそれを拭う。すると今度は左から、そっちを拭うとまた右目から、かわりばんこにこめかみが濡れた。

（……涙……？）

なんで泣いてるんだ？　なにか、夢を見てた。覚えていないけど、柔らかくて優しい気持ちになるような夢。そのせいだろうか。

ぼんやりとまた瞼を閉じようとした恭介の靴底を、また誰かがコツンと蹴った。ぎしぎしと軋む首を右に曲げる。

「よう。……生きてたか」

頭上から、腹に響くようなバリトン。火のついていない煙草を咥えて、草薙がのっそりと、暗い玄関の戸口に立っていた。

誰だ。ってか、どこだここ。なんでおれ廊下に寝てるんだ？　確か深雪さんのマンションでオムレツ作ってて……そうだ、菜々子から電話があって、それから——

慌てて両手で顔をこする。すると鳩尾と顔面の痛みが、思い出したように突然、戻ってきた。体を芋虫《いもむし》のように横にして呻く。胃液がこみ上げた。腹筋が痛くて起き上がれない、なんて、水泳部のシゴキで三千回腹筋をやらされて以来だ。

草薙はドアに寄りかかって片足ずつワークブーツを脱ぐと、出ていったときと同じように長い脚で恭介の体を跨ぎ越し、リビングの明かりをつけ、テーブルに郵便物を放った。カランの水音。ペタペタと足音が戻ってきて、すぐそこで立ち止まる。顔の上にビシャリと冷たいものがのっかった。

「冷やしとけ。ちったあマシになる」

ろくに絞っていない濡れタオルから、水分が耳の中に流れた。マシになるのは腫《は》れてきた顔のことなのか、それとも、泣いていたのを見られたのだとしたら立ち直れそうにない。精一杯の虚勢を張って声にどすをきかせた。

「他になんか云うことねえのか」

「………」

煙草に火をつけるだけの間が空く。草薙は云った。

「ラーメンと釜飯《かまめし》どっちがいい」

「……あ？」

「夕めしの出前。食ってくならぼうずの分も取るが。ちなみにおれのお勧めは、北海鮭《ざけ》とイクラの釜飯だ」

「あのなあ！……っうっ…ってぇ……」

「冷やしとけって。――朔夜のことずいぶん気にかけてくれたんだってな。杉浦って医者から聞いた。悪かったな」

「………」

「で、釜飯とラーメンどっちだ？」

「……あんた、朔夜さんになにした」

壁につかまってのろのろと上体を起こす。

「あの医者のとこに行ってきたんなら、その話も聞いただろ。ガキの頃に原因作ったの、あんたじゃねえのか。あの人の薬物中毒ってなんなんだ。味覚障害起こしたり、眼が赤くなるのもそのせいなんだろ。答えろよ。……それとも、なんにも知らねえのか。ああ、そうか。無理ねえな。息子が何日も家空けてんのも、隣のおっさんにイタズラされてたのも、どんだけあの人が一人で苦しんで悩んでたのかも、なにひとつ気がつかなかったボケナスじゃあな！」

ビシャッと草薙の顔に濡れタオルがぶつかり、落下した。

草薙は微動だにしなかった。互いの表情さえわからない薄闇の中、彼の煙草の先端がじりじりと赤く光っていた。

携帯が鳴った。恭介のポケットだ。

恭介は歯を食いしばって立ち上がった。その拍子にざりっと嫌な感触がして、ぐらぐらしていた奥歯がぼろっと取れた。血の塊と一緒に吐き出す。口の中がズタズタに切れていた。

「……朔夜さんはおれが守る」

押し殺したその声に、応答はなかった。煙草の赤い火がゆっくり萎《しぼ》んで、暗闇に溶けた。


『寝起き？　ひどい声ね』

電話に出ると、名乗りもせず、回線の向こうの女が平坦に尋ねた。深雪だ。壁伝いによろよろとエレベーターホールに向かいながら恭介は、人間はただ歩くだけでも腹筋に世話になっているのだとしみじみ実感しつつ、まあ……と言葉を濁した。

殴られて半日以上人んちの玄関でのびてました、とは云えない。喧嘩慣れしているとまではいかないものの、それなりに場数を踏んできたつもりだが、相手にかすりもせず沈められた屈辱は初めてだ。

（ジジイのくせに……クソ、次は返り討ちにしてやる）

深雪はオフィスにいるのか、カタカタとキーボードを打つ音がする。

「今朝はサンキュ。オムレツ、急いでてちょっと焦がしてごめん」

『三宿に〈ダンバウ〉って店があるの。会員制高級クラブ』

やっぱ焦がしたオムレツじゃだめか。ゴルフクラブくらいにまからないだろうか……にしても、たった半日でだいぶ金利が跳ね上がったなあ……などと考え込みながら痛む腹を押さえる恭介の耳に、相変わらず沈着な声で、深雪が告げた。

『クラブの向かいにあるコンビニの店員から情報が入ったわ。今朝のメール、念のためフリーのメアドも書いておいたんだけど……とにかく見て。今そっちにも送ったから』

すぐにメールが着信した。書かれていたＵＲＬにアクセスする。今朝アップした朔夜の画像の横に、新たに数枚の写真が貼られていた。

薄暗い街頭で撮られた整った横顔。次の写真では、知らない年上の男が後ろにいた。一緒にどこかの店に入っていくところらしい。

『どう？　暗いし、隠し撮りだから画質は悪いけど……』

「ああ……」

間違いない。朔夜だ。

『だったら、すぐ〈ダンバウ〉へ行きなさい。彼、いまその店にいるわよ』

〈ダンバウ〉に関する情報はすぐに集まった。春先にオープンしたばかりの会員制クラブで、客は紹介制。オーナーは中国人らしく、三桁《みけた》の入会金にもかかわらず、この不景気のまっただ中でもなかなかの集客らしい。

情報源は、麗奈。銀座と三宿、界隈《かいわい》は違っても同じ水商売、さすが餅《もち》は餅屋だ。

「中に入りたいなら会員と同伴するか、紹介状がないと……セキュリティもきちんとしたお店だって聞いてるわ。お願いだから、無茶はしないでね」

麗奈は案じていたが、恭介には秘策があった。

「しんっじらーんなーい！　会員じゃなきゃ入れないって、それどおゆーことおっ？」

甲高い声を張り上げ、ドアの前に立ちふさがる黒服の従業員に先頭切って食ってかかっているのは、菜々子だ。

「わたしたち、こちらでパーティがあるって聞いて集まったのよ。女性は参加費千円、男性は高学歴高収入の三十代の方ばかり……って。ほらね、見て。書いてあるでしょう？　メールに、はっきり」

別の男にバストを擦り寄せるようにして、携帯の液晶を見せているのは麗奈。色っぽい顔で、ね？　と下から覗き込まれた彼は、たちまち額のてっぺんまで真っ赤に茹《ゆ》で上がる。

「は、はあ……なるほど確かに……。しかし当店は会員制のクラブでありまして、そのようなイベントは一切」

「まあ。じゃあ、このメールはどなたが？」

「それは、わたくしどもにはわかりかねますが……」

「困ったわ……。今夜はきっといい出逢《であ》いがあると思って、お友だちにたくさん声をかけてしまったのに。どうしましょう？」

「は、はあ……どうしましょうか」

男はちらちらとスリップドレスの谷間に気を取られながら、目の前の有様に、途方に暮れたようにハンカチで額を拭った。

会員制高級クラブ〈ダンバウ〉は——正確には、店の入口は、パニック寸前だった。

通りを一本外れた五階建のビル、その三階。バルコニー状になった入口、地上から緩やかに伸びる黒御影石《くろみかげいし》の階段、さらにその下の狭い舗道まで、今夜ここで合コンがあると思い込んだ女たちが詰めかけ、溢れて、がやがやとさんざめいている。およそ四、五十人にもなるだろうか。ドアの前で菜々子たちと押し問答をしている間にも、その数はますます膨れ上がり、通行を遮られた車のクラクションだの、近隣からの苦情だの、おまけにクラブの会員ら

しい女性連れの紳士から罵声《ばせい》を浴びせられ、

「ケチ！　せっかく来たんだから一杯飲ませてくれたっていいじゃん！」

聞きわけのない女からキャンキャン喚《わめ》かれ詰《なじ》られ、支配人らしき男の顔面は、どす青赤く変色していた。こめかみをひき攣らせて、怒鳴り返すのをやっとこらえているのがありありだ。若いほうは、女性たちにじりじりと詰め寄られて、今にも背中がドアを破りそうだった。

どうなってんのよ、なんで入れないわけ、説明してよ。口々にブーイングする女性たちは、いよいよ百人に膨れ上がろうとしている。いずれも、恭介が「三十分以内に集合！」とランダムにメールを送りまくって集めた女性たちだ。

（しっかし、すっげえ数。二十人も集まれば上々だと思ってたんだけどな……）

思った以上の集客力に、植え込みの陰から様子を窺っていた恭介も思わず口笛を吹いた。

ネズミ講、案外マジでいけたりして。

「だーからあ、金は払うっつってんでしょ！」

「い、いえ、ですからお金の問題ではなく、先ほどから申し上げております通り当クラブの規約で会員でないお客さまの立ち入りは」

「あら……でもさっきの女性は、会員証持ってらっしゃらなかったみたいだけど？」

「あー、差別だ、差別！」

「会員さまのご同伴は例外なんでございます！　とにかく、今日のところはすみやかにお引き取りを――君、なにやってんだ、警察に通報してっ」

「で、でもマネージャー、もし会員さまになにか被害が出たら」

「もうとっくに被害は出てる！　このまま中になだれ込まれたらどうするんだ、いいから早く警察呼んでっ」

「ケーサツ⁉」

菜々子が声を張り上げた。背後の女たちにざわめきが伝染していく。

「ちょっと聞いた、この人たちケーサツ呼ぶって！　しーんじらんなーい！　ここに立ってるだけで犯罪になるわけえ？　会員以外はここの空気吸っちゃいけないって法律でもあんの？　ちょっとお、どーなのよォそこんとこ！」

いいぜ、菜々子。名演技だ。その調子でもうちょっとひっぱっててくれ。

騒ぎを聞きつけた従業員や警備員が中から次々に飛び出してくるのを確認して、恭介は、キャップをキュッと目深《まぶか》に被った。

会員制とか関係者以外お断りの看板をあげている場所も、ガードが固いのは表側だけ。まして他の店も同居するビル内となれば、営業中、裏口まで厳戒を貫くほうが難しい。――何食わぬ顔で裏口から入り込んでは会員制プールで泳いだり、アルバイトのふりをして厨房《ちゅうぼう》の賄《まかな》いを食べたりするのが天才的にうまかった遊び仲間が、教えてくれたことがある。

そういえば口でイヤとかダメとか云ってる女ほど、スカートの中に手ぇ突っ込んじまえば後はチョロいもんな、と恭介はそのとき納得した。齢《よわい》十三。

このビルも予想通り、非常口に鍵はかかっていなかった。途中、両手に生ゴミの袋を提げた若い板前が下駄で階段を下りてきたが、ジーンズに黒いキャップというなりの恭介を、同じビルの中にある店のバイトだと思ったのだろう。軽く会釈し合って、何事もなくすれ違う。〈ダンバウ〉の従業員入口は三階にあった。何食わぬ顔で周囲を窺いながら、スチールドアのノブをそっと回し、内側に滑り込む。

プンと香辛料のきつい匂いが鼻をついた。右手は掃除用具のロッカーとトイレ、左手に向かって細い通路が伸びていた。そちらから民族楽器のエキゾチックな調べが流れてくる。キャップを取ってポケットにねじ込みながら、左手に歩いていく。ホールスタッフは表の騒ぎに駆り出されてしまったらしい。厨房をそっと覗くと、三人のコックたちが忙しげに立ち働いていた。真っ白なアオザイを着た若い女が、両手に四つ皿を持って運んでいく。

物陰に身を潜めた恭介の前を通りすぎ、その背中は、奥の緞帳《どんちょう》のような紫色のカーテンドレープをくぐっていった。恭介も静かに後に続いた。フロアはかなり薄暗く、ただでさえ人手が薄いこともあって、紛れ込んだ恭介の姿を気に留める人間はいなかった。

蠟燭《ろうそく》の炎がテーブルに揺らめいている。焚《た》き染《し》められた強い白檀《びゃくだん》の香り。辺りはうっすらと霧がかかっているようにも見える。床の上にじかに席が設けられ、客は靴を脱いで藺草《いぐさ》の上だの敷き詰めたクッションだのに思い思いにくつろいでいた。通路には小さなライトが点々と埋め込まれ、席はそれぞれ衝立《ついたて》で仕切られている。

目を凝らして、薄暗いテーブルの間をゆっくりと歩き回った。役員風の男とホステス——若いツバメと有閑マダム——ちがう——密談中の男二人、これもちがう。

どこだ。フロアの真ん中から辺りを見渡す。ぐずぐずしている間に河岸《かし》を変えてしまったんだろうか。じわり、とうなじに汗が噴き出す。

どこだ。どこにいるんだ。

そのとき一斉に周り中の視線が恭介に集まった。携帯電話の着メロが突然鳴り渡ったのだ。場違いに脳天気なアニメの主題歌。「はじめてのチュウ」。

「お客さま」

すぐ、アオザイの女がすっとんできた。

「恐れ入りますが、携帯電話の電源はオフに……他のお客さまのご迷惑になりますので」

「………」

「あの、お客さま……？」

まるで、そこに空間の穴でも見つけたかのように、立ちすくんだまま微動だにせずまっすぐ前を見つめている恭介に、アオザイの女は薄気味悪そうに眉をしかめ、その視線を辿《たど》るように振り返った。

そこに、朔夜がいた。


なんの変哲もない黒いシャツの襟元が少しはだけ、柳の行李《こうり》に腰かけて片膝を抱え上げ、彼は、愉快そうに恭介を見つめていた。

右手には丸みを帯びたウイスキーグラス。左手の人差し指に携帯のストラップを引っかけ、ぶらぶらと揺らしてみせる。

暗がりでも際立つその美貌《びぼう》。黒絹の髪。すんなりと伸びた首。うっすらと微笑をたたえる頬。——アオザイの女が、はっと息を飲んだのが手に取るようにわかる。

美しかった。恋い焦がれた人の姿だった。この数日、寝ても醒めても、ひとときも自分を休ませてくれなかった恋人。

だが、その姿を一目見た刹那《せつな》、恭介を貫いたのは、安堵《あんど》でも、懐かしさでも愛《いと》しさでもなかった。なぜなら。

彼の目を見つめたまま、ポケットの携帯を抜き取り、電源を切る。脳天気な着メロが消え、胡弓《こきゅう》の静かな音色がフロアに戻った。

「待ちくたびれた」

目の前に仁王立ちになった恭介の顔を見上げ、彼は高慢そうに片眉を引き上げた。

「ずいぶん遅かったじゃないか。いつ取り戻しに来るかと、期待して待ってたのに。おまえの朔夜さんを……さ」

いつもと違うハスキーな声。朔夜が口にするはずのない台詞《せりふ》。高圧的な発音。――声に撃ち貫かれたかのように、恭介の体は動けなくなった。

……やっぱり、か……。

この数日の間に、ひょっとしたらもとに戻っているのではないかと。そんなわずかばかりの期待が粉々に砕かれたのを感じて、眉間と顎にぐっと力がこもる。

こいつは朔夜さんじゃない。サクヤだ。まだあの人は眠ったままなのだ。あったかい繭の中で。

「喧嘩でもしたのか？　その顔。色男が台無しだぜ」

「あんたの知ったことか。……この一週間、どこでなにしてた」

「いろいろ。まあ適当に。おれと援交したがるオヤジには不自由しないんでね。ああ……それとも時間刻みになにをしてたか云わせたいのか？　何時にどこで誰とどんな体位で何回やってたか。おまえそういう趣味？」

「……」

「青筋立てるなよ。おっかないな」

恭介のその痛みをこらえるような表情を見ると、サクヤはますます図に乗り、愉快そうに顎をしゃくった。

「それで？　おまえの朔夜さんを取り戻す方法は考えついたか？　あのセラピストのところへ引きずっていく？　云っておくがむだな努力だぜ。朔夜もおれもセラピーに協力する意志はない。……まあ、意志もなにも……」

スコッチを口に運ぶ。ピンク色の舌が、グラスの丸い氷のカーブをちらりと滑る。

「朔夜はずーっと眠ったまんまだけどな」

「……あんたの捜索願いが出てる」

「へえ。それで？」

「おれがいまここで警察に一報入れりゃ、あんたは家に連れ戻されて、未成年に酒飲ませたオッサンは手が後ろに回って、この店も下手すりゃ営業停止だ。もしまた援交したら、また追いかけて同じことをしてやる。何度でも」

サクヤは訝《いぶか》るようにすっと目を細めた。アルコールのせいか、大きな黒目がわずかに赤みを増している。

「……だから？」

「腹の出っぱった口の臭い糖尿持ちのハゲジジイと寝てちょっと小遣い貰ったくらいで、毎度毎度警察の世話になるのは、あんただって割に合わねえだろ」

「そんな相手は選ばない」

ほら、と示すように顎をしゃくる。高価そうなスーツを身に着けた中年の紳士が一人、こちらを見ていた。上品そうな男だ。だが嫉妬と情欲の絡んだ眼差しは、寒気がするようだった。

その男に組み敷かれる朔夜の肢体を想像し、恭介は全身の血が一瞬にして煮えたぎるような激しい感覚を味わった。血管の中で膨れ上がったのははっきりとした殺意だった。それがあの男へのものか、それとも目の前の美しい青年に向けられたものか、自分でもわからない。ただ突き上げてくる憎しみと嫉妬に顎骨を食いしめ、やっと耐えた。

「べつに小遣い目当てで男と寝てるわけじゃない。おれはただ、愉《たの》しみたいだけだ。いい子ちゃんの朔夜が普段絶対にやらないようなことをな。いい酒に、煙草に、――セックス」

「だったら、おれがあんたを買ってやる」

サクヤは怪訝《けげん》そうに眉根を上げた。

「……おまえが？」

「酒も煙草もセックスも好きなだけやらせてやる。金が欲しいなら用意してやる。ただし、家に戻って、毎日きちんと登校すること、おれ以外の男に指一本触らせないこと――人前では、いつもの草薙朔夜として振る舞うこと。それが条件だ」

「……いつもの、ね」

サクヤはゆっくりと瞬きした。薄い嗤《わら》い――嘲笑《ちょうしょう》のような。

「なるほどな。おまえは愛しい朔夜さんの体が手に入り、おれは好きなだけセックスを愉しめるってわけか。まあ、おまえの体は悪くない……警察沙汰よりは少しマシって程度だが」

「……………」

「けどその間におれを手なずけようって魂胆なら、むだだぜ。諦めな。おれは人格の統合にも、共存にも手は貸さない」

「ああ。統合も共存もクソくらえだ。そんなことは、このおれがさせない」

驚いたように見開かれる薄赤い瞳。その頤《おとがい》の下にいかつい手を入れ、喉をひねるようにグイと持ち上げた。

きめ細かい、吸いつくような膚。とろけるような感触に吸い込まれそうになる、確かに朔夜の膚だった。けれどいま、この体を支配しているのは朔夜じゃない。おれの朔夜さんじゃない。

――いいえ、彼は同じ朔夜くんよ。

ちがう。

――どちらも草薙朔夜という、一己の人間の人格なのよ。

たとえそうだとしても！

「おまえが朔夜さんの一部だろうが、たとえ、あの人自身も交代人格のひとつだったとしたって……んなの知ったことか。おれの朔夜さんは、この世にたった一人……あの人だけだ」

恭介は醒めた眼差しで相手を見据えた。

「同じ顔だろうが、おまえなんかに欲情しねえよ。けどあの人が眠りから醒めるまで、その体、好きにされちゃ困るんだよ」

あおのかせた美貌に顔を近づける。長いまつ毛が、まるでキスを待つように伏せられていく。ほとんど唇が触れ合う寸前で、恭介は押し殺した声音で囁いた。

「朔夜さんを取り戻す方法がひとつだけある」

「……………」

「教えてやろうか」

まつ毛が上を向く。じわりと手に力を込めた。潤んだ柘榴色の両目に、恭介の酷薄そうな微笑が映った。

「おまえが消えちまえばいいんだよ」

あとがき

ＴＯＫＹＯジャンクシリーズ外伝、文庫版「ラブ・ミー・テンダー　Ⅰ」をお届けします。

ちょっと天然でクールな年上受と、そんな彼にメロメロのちょっと強引な年下攻は、昔から大好物のカップリングです。

朔夜の天然（？）ボケに振り回され、黒サクヤの我儘と奔放さにくるくると翻弄される恭介を書くのは実に楽しくて、ついつい筆が進みすぎ、校正で割愛することも度々。

それにしても、改めて読み返してみると、自分で書いたキャラながら、恭介という男はほんっとにしょーもない。

ガキだわ女好きだわ暴走するわ。こんな男が近くにいたら、首根っこ捕まえて正座で説教してやりたいところです（聞いちゃいないでしょうが）。

とはいえ、アホな子ほど可愛いもの。恭介には幸せになってもらいたいと思う親心。

果たして、勢いだけのしょーもない男は、無事に「朔夜さん」を取り戻すことができるのか。最後までお付き合いいただければ幸いです。

さて、この作品はジャンクシリーズ本編から約十年後が舞台のため、作中の携帯電話やネット事情などが現在より古いです。ご承知置き下さい。

そして主人公の一人、草薙朔夜の父親である草薙傭は、ジャンクシリーズ本編で、本来の攻を差し置いて活躍しています。「エタニティ」には朔夜もちらっと登場しますので、ぜひあわせて読んでみて下さい。

では、次巻でお目にかかれますように。

二〇一四年　盛夏　ひちわゆか

✦初出　昼下がりの情事………………小説b-Boy（1998年3〜4月号）
※単行本収録にあたり大幅に加筆修正しました。
ラブ・ミー・テンダー………ビーボーイノベルズ
「ラブ・ミー・テンダー」（2001年1月）
※単行本収録にあたり大幅に加筆修正しました。

ひちわゆか先生、如月弘鷹先生へのお便り、本作品に関するご意見、ご感想などは
〒151-0051 東京都渋谷区千駄ヶ谷 4-9-7
幻冬舎コミックス　ルチル文庫「ラブ・ミー・テンダー　Ⅰ」係まで。

幻冬舎ルチル文庫

ラブ・ミー・テンダー　Ⅰ

2014年8月20日　第1刷発行

✦著者　ひちわゆか

✦発行人　伊藤嘉彦

✦発行元　株式会社 幻冬舎コミックス
〒151-0051 東京都渋谷区千駄ヶ谷 4-9-7
電話 03(5411)6431［編集］

✦発売元　株式会社 幻冬舎
〒151-0051 東京都渋谷区千駄ヶ谷 4-9-7
電話 03(5411)6222［営業］
振替 00120-8-767643

✦印刷・製本所　中央精版印刷株式会社

✦検印廃止

ISBN978-4-344-83184-1　C0193　Printed in Japan